LOCUS

LOCUS

LOCUS

LOCUS

catch

catch your eyes ; catch tour heart ; catch your mind ……

catch 18　進攻女生宿舍

作者：彭浩翔
責任編輯：陳郁馨
美術編輯：何萍萍
法律顧問：全理法律事務所董安丹律師
發行人：廖立文
出版者：大塊文化出版股份有限公司
台北市117羅斯福路六段142巷20弄2-3號
讀者服務專線：080-006689
TEL：(02) 29357190　FAX：(02) 29356037
郵撥帳號：18955675　戶名：大塊文化出版股份有限公司
e-mail:locus@ms12.hinet.net

行政院新聞局局版北市業字第706號

總經銷：北城圖書有限公司
地址：台北縣三重市大智路139號
TEL：(02) 29818089 (代表號)　FAX：(02) 29883028　29813049
排版：天翼電腦排版有限公司
製版：源耕印刷事業有限公司

初版一刷：1998年10月
定價：新台幣150元

進攻女生宿舍

彭浩翔／著

目錄

不算成功但很酷（台灣版自序） 7
一顆悲哀的種子（香港版編者序） 9
100%的彭浩翔（阿寬） 13
愛你的理由很難說 17
偷偷放下巧克力 19
會飛天的貓 21
出外不鎖門 23
無腳鳥 25
花枝丸 27
三十一歲老游擊隊的婚禮 30
愛情重傷後的手術 33
餐廳中的男人 36
民主國家 39
宴會 42
共產黨 45
革命黨被消滅之夜 48
風 51
守時 54
戒指 57
國旗 60

燈 62
咖啡 65
母親 68
一九八四年的Lee牛仔褲 75
花草物語 79
保險 83
原稿紙 87
關於停電的晚上 92
大失戀 97
下午之追悼 101
當米老鼠的好日子 106
關於食蟻獸 111
環保分子 119
星期六晚上都市的我不是人 126
計程車 138
進攻女生宿舍 144
母親駕駛的車子 155
獨立島國的起點——神奇之路 167
最後的彼得格勒 176

台灣版自序——不算成功但很酷！

終於也在台灣出書啦！

記得我的一位朋友說過，當香港的成功作家必須要在台灣出書。

正如在香港做黑社會要是潮州人；在美國當流氓要懂說義大利語。

因爲這樣，才夠酷！

過了海洋，怎麼說也是馨香一點。

我曾到過台灣求學，拿了台灣身分證。和香港比較，我較喜歡台北，喜歡她的糜爛、燈紅酒綠，特別是她的「老實」，不矯揉造作，西門町就西門町；華西街就華西街，即使立法院的情況也是，罵就罵；打就打。

我喜歡這兒的老實。

不像香港般虛僞，這是一個壞得來但鬼鬼祟祟的城市。處處刻意粉飾太平、健康和積極。他媽的！

噢，說得太遠了，話說回來，這次能夠出版《進攻女生宿舍》台灣版，有幾位朋友我是一定要感謝的。首先是仍在台灣念書的邱珏欣小姐，《進》書大部分故事都是我在林口僑生大學先修班唸書時寫的。邱小姐在那段日子照顧了我許多生活上的事，沒有了她就沒有這本書。願她永遠幸福。

另外，歐陽應霽先生是促成我這次很「酷」地出台灣版的「功臣」。我的國語很糟，發音跟一頭含著一口沙石的河馬無異。在九七年香港書展的版權交易場合上，歐陽先生義務當了我的代理人。因此出台灣版的事才能實現，實在衷心感激。

最後當然是感謝大塊文化的郝明義先生和廖立文先生，沒有他們的賞識，也沒有你們手上的書。

今天台灣版出版啦！

算是香港成功作家嗎？

還不算，但肯定好酷！我相信。

一顆悲哀的種子

很久很久以前，我在報館工作的時候，頗爲挑選短篇小說而煩惱，因爲來稿極多而佳作甚少，往往翻看半天才能找到可用的。有一次，偶然在稿海裡撈到彭浩翔的小說，隨便翻了翻，看完了總覺得有什麼地方跟其他作品不同；後來刻意在稿海裡網了幾篇，細讀之下，得出這樣的結論：終於有一個未來的紅作家來了。

沒多久，我跟這個二十歲的未來紅作家成了「忘年之交」，見面多了，覺得他才思很敏捷，寫作也勤快得很：畢竟，在這個時代，要成爲作家的首要條件不是天分，而是勤力。彭浩翔勤快而又有天分，這是讀者之福。後來，我編了一本名爲《牀》的愛情小說集，收錄了不少他的極短篇小說，反應也很好。

我一直認爲，在高高在上的嚴肅垃圾和低低在下的淺陋文字之間，應該還有一個廣闊的天地，就是：用鮮活文字呈現的、城市人眞實的苦樂和狂想。

我認爲彭浩翔的小說很接近上述的路向，很值得有計劃地向讀者推介。彭浩翔的小說沒有曲折離奇的情節，沒有呼天搶地、國破家亡的煽情場面，故事的推進是舒緩的，柔和的，看著很舒服，像夏日午後在向海的酒店咖啡座，一邊喝最近經常在愛情小說中出現的 Cappuccino，一邊在 Louis Armstrong 的歌聲裡看落地玻璃窗外的郵輪大火。

他的小說，動人處不在沉重，而在輕淡；不是因爲文詞的繁麗，而在於奇想和妙喻。例如：有一天夜裡，他在台北西門町街頭突然很想吃花枝丸，花枝丸在無聲無息的情況下，浮現在他的腦海之中。「一切來得太不可思議，就像我們出海釣魚，竟在海中看見浮了上來的鐵達尼號一樣。」

在〈一九八四年的 Lee 牛仔褲〉一文裡，他對那個渴望成爲歷史教師的女孩有這樣一種詩意的心情：

「她就像一顆悲哀的種子，跌落在我的心靈，成長爲悲哀的樹，跟著繁殖再繁殖，成爲了一片無邊的悲哀森林。每次當我閉上眼睛，我就看見自己坐著古老的雙引擎螺旋槳飛機，正以極低的高度掠過那片森林，身邊傳來 Los Indios〈Always In My Heart〉的音樂，我知道她正在森林中的某一角，靜靜凝望我所坐的飛機。」這樣的比喻很多，用得也很恰當，比起那些「入錯行」的嚴肅作家的嚴肅垃圾，不知要優秀多少。

除了這些不斷出現的詩意比喻，他的小說給我的印象是：坦率。他就像一隻從失火的動物園裡逃出來的猩猩，毛燒光了，赤裸裸在蘭桂坊拖著淡淡的哀愁流連。他是他那個時代的動物園裡頑強的生還者，是長頸鹿、大象和食蟻獸的代言人。他帶著嘲謔，在一場接一場傷害與被傷害的遊戲中場休息時間，述說他二十歲的性幻想和在他那個年紀的「必然錯誤」。

他小說中的人物都很卑微很軟弱，但比激昂而淺薄的巨著更容易令人共鳴，而且也耐讀得多；只要明天有新的錯誤，他就有新的小說。

他在另一本名爲《黃昏動物園》的小說裡，〈與黑熊同居的女孩〉一文描述主角在機場候機室遇見一個女孩，女孩的眼神可憐而又無助，「像一個無家可歸，流落在午夜森林中的小女孩。」從此之後，他每次在小便的時候，都會想起那個女孩無奈的眼神，然而，只限於在小便的時候。這是很有體驗的描寫，我們的確會在某些特定環境、特定時刻，不斷重複想起某些特定的畫面，這種畫面有時候只要出現過一次，就會成爲習慣。我就有一段很長的時間，每天在金鐘站走過對面月台轉車之際，在人潮中都會想起一條正在流淚的海豚。

鍾偉民

（香港版編者序）

100%的彭浩翔

彭浩翔有點村上春樹（形容詞）。

他們之間確有共通性存在，多或少，深或淺，不需太計較（除非你是世界上唯一的創作會計師，萬一你真的是，你一定很痛苦）。

彭浩翔的短篇寫的是感覺，沒有注意邏輯，因果。

他的感覺是屬於城市的，這是他和村上春樹的其中一個共通點，一個是日本東京，一個是九七前的香港。

彭浩翔太年輕，是他轉告我，有一些年輕一代的男女把舌頭伸進別人嘴裡只是友誼的表現，不代表愛情（連妓女都珍惜的，年輕一代却不珍惜）。

他是以主觀來創作的，在別人的文章內，很難找出同樣份量的主觀。

同等份量的主觀，我夠三篇用，他只用來做一篇。

看他的短篇，我從沒想過要明白，我只讓自己不斷地聯想。

阿寬

於是醫生拿出了酒，
我們品嘗一瓶他由約旦帶回來的風。
平日除了有什麼大事之外，
他是絕少拿出他的收藏品出來招呼客人的，
而那瓶風似乎鹹了一點。

愛你的理由很難說

BABY，愛你的理由眞的很難說啊。

到底應由那兒說起呢？

其實過去我也時常想到這問題，可是一直想了很久也沒有一個確實的答案。現在我想，大概是因爲你特別。是的，你的確很與衆不同，這點是很難去形容的。你本身具備一切一般小女人的特質：遲到、不負責任、小氣、諸事八卦……可是，你又擁有著一種她們所沒有的東西，令你變得跟她們不同。

很難清楚說明那東西，不過就讓我用彈珠玩具來說明吧。當一個男人被你愛著時，他就像是彈珠玩具中的鋼珠。基本上，鋼珠的移動及其方向，完全是根據那兩枝搖桿而定。而BABY你就像那搖桿，你使你的男人踏出步伐，走向各個方向。可是那些鋼珠根本就沒有發覺自己沒有移動的能力，那完全是由搖桿所賦予、帶動和控制的。一味跑到朋友面前誇說：「是我移動的方向決定搖桿的動作的。」

可是它從不發現自己這回所走的方向，正是上一回搖桿所定的。但當搖桿輾轉從朋友們口中聽到這話時，她並沒有說什麼，只是笑笑，然後就繼續揮動，令鋼珠走向各個方向，而不致掉下來。

你就是這樣與眾不同。

「嘎，就是這樣？」女朋友用驚奇的目光看著我。

「是啊。」

「太複雜了。」她說。「這個不能算啊，你還要再想多一個。」

「什麼？」

「你要重新想一個愛我的理由，但必須是在我理解能力的範圍以內。」她說。

MY GOD！她竟然一下子推翻了這個我花三天才想出來的理由。我望望她，然後點起一根香菸。

「真不可思議，我竟然愛上了這樣的女孩子。」我心想。

偷偷放下巧克力

早上的八時十四分。

當我匆匆忙忙刷過牙後，我把頭髮束起，穿上外套。正當我準備出門，在冰箱頂找尋零錢和鎖匙的時候，我發現了一盒巧克力。

巧克力是放在用白色卡紙所摺的小盒中，下面還鋪有一張薄薄的咖啡色小墊紙，各種恐龍型的巧克力就像初生的乳燕躾在巢中似的。巧克力有很多款式：劍龍、迅猛龍、三角龍、雷龍……有純巧克力味，薄荷味，也有帶酒味的。我知道這些巧克力是她做的，因爲只有她才能做出這類怪味的巧克力（說不出是怎樣怪，但就是跟外面買的味道不同。我每個吃過她巧克力的朋友都這麼說）。可是，到底巧克力怎麼會出現在冰箱頂的呢？

我想，上星期收到她寄來的包裹，巧克力大概也是在裡面的。當我拆開包裹，把所有東西倒出來時，便隨手把巧克力就放在冰箱頂，然後開始看她的信。看到一半時接到一些應酬電話，又聊了一會，再繼續看信……就是這樣，那巧克力就像路上遺失了雙親的小孩，獨自在冰箱頂站了一星期。

可是，現在我看到了巧克力，有一種很特別的感覺，似乎她昨晚曾一聲不響溜進這裡，看著我如何睡覺，替我蓋被和抹掉從我口中溜出來的口水。然後一直坐在那裡看著。可是又趁我的鬧鐘響前，把巧克力放下然後離去。所有動作都是靜悄悄的像幽靈般。我甚至可以嗅到她留下的氣味。

感覺就是這樣。

我把巧克力一塊接一塊吃下，接著點起了一根香菸。天空沒有下雨，但太陽被滿天的烏雲擋住，四處顯得很灰暗。我凝望著窗外的天空，不知她仍否記得這天氣？這是她認為最適合跟我哪裡都不去，關在屋裡做愛的天氣。

「要一次接一次啊。」她說。

不知她此刻在想什麼呢？

會飛天的貓

怡：

近來怎樣？

你的信和剪報在上星期已經收到。可是，我卻有一個疑問：那些「會飛天的貓」雖然曾出現於英國、加拿大和澳洲，也曾在一九三三年被薩馬斯坦的奧克斯佛德動物園捕獲。可是牠們最後的一次出現，是在一九七二年十二月的英國曼徹斯特呀。其後的日子已經再沒有任何發現或目擊記錄。

或許，說不定那些會飛天的貓已經全躲進下水道，又或者早已絕種。

說眞的，我並不是討厭牠們，眞的。可是我總認爲你不用刻意去尋找牠們，要是牠們眞的還生存於世界——也沒有躲進下水道的話，牠們同樣也有可能降落在這裡。只要我們每天都放一盆新鮮的牛奶在露台，說不定牠會停下來喝一口。要知道，長途飛行是很容易引致口渴的。

那你又何必跑到愛文頓呢？

你以前說過要學車、煎牛排，看了《第六感生死戀》後去做陶泥，這些我從沒有左右過你吧？每次都是你自己主動提出放棄的，這點相信你應該還記得。可是，這次到愛文頓尋找會飛天的貓，却是一項跨國性的大計劃。難道你眞的不能和我先商量一下嗎？你突然不見了踪影，你知不知道我是多擔心你啊！我一連好幾個晚上失眠，而你留下的便條是在一個星期後才在冰箱底找到的。

唔，而且，你出門前又忘了關窗。

現在，我的衣服已經因爲三個月沒有熨而變得像烤箱用的錫鉑紙。而用過的碗碟也堆得具有羅丹作品般的質感（當然，這些並不是最重要的問題）。

所以，如果你找不到那些貓或感到疲倦的話，就回來這裡吧。祝早日成功！

出外不鎖門

有一個習慣，就是出外時從不鎖門。

家人常認爲我是因一時大意才忘了鎖上門，但其實我是有意這樣做的，原因是我從小就覺得鎖門是一件相當多餘的事。

「爲什麼？」女孩子總愛問這類問題。

首先，我們必須了解門這東西在人類社會中存在的意義，它是爲了防止陌生人在未經你的許可進入你住所而設。因此我們假設，如果在閣下出外時，有小偷打算到閣下的住所光顧的話，他將會有以下兩個可能：

①他將從大門進入你的屋內。

②他會從大門以外，如露台、窗戶等地方進入屋內。

如果小偷選擇了方法①進入你家的話，那就要恭喜你！因爲你家大門的存在總算得上是有點意義，否則的話，鎖不鎖門無關宏旨。至於他會怎樣打開閣下住所的門，就會有下列的三個方法：

①用手去把門推開。

②用萬能匙開。

③用鐵筆去撬開。

當小偷使用方法①時，只要我們把門關上就可以了。要是用方法②，即使我們上了鎖，也只不過是叫小偷把百合匙多轉一個圈吧，至於方法③，則上鎖與否也同樣無法避免。

所以我們得出了一個結論：出外時鎖門對於防盜並沒有幫助，是項多餘的行爲。

「眞無聊！」當我嘗試解釋這套理論時，女孩子總是這樣回答。

無腳鳥

有一天，突然感到頭暈腳軟，全身乏力。於是就往醫院求診。醫生一看見我，一聲不響，立刻替我把脈、驗血、腦部素描及X光檢查，然後神色凝重地對我說。

「一直以來，你有什麼夢想或者抱負？」

我想了片刻，「一直以來我最希望成爲一隻無腳的鳥。一生不斷不斷地飛，倦了就在風中睡覺，一生之中只會落地一次，那就是生命結束之時……」

「唔……」醫生沉思了四又四分三秒。

「是這樣的，你的幻想力極豐富，甚至過盛，使得這個夢想刺激了你的中樞神經，產生了心理投射作用（Psychological projective）。心理影響生理，使你在生理的結構上產生了變化。」

「那我是不是眞的會成爲一隻無腳鳥？」

「嗯……」醫生沉默三又六分一秒，「原則上是，但是經過我們檢查得出來的結果，卻發現你本身其實並不是一隻鳥……」

「那麼我是什麼？」我開始有點緊張。

醫生再思索了三又三分二秒，「根據得出來的結果，原來你本身是一條蛇。天生就沒有腳，也不會飛。所以投射作用被轉化到你的另一方面——脊椎退化。」

「那麼我又會變成什麼？」我開始心跳加速。

「一條無骨軟皮蛇。」醫生不加思索地回答。

「那麼……醫生，這病又是否可以醫治？」我冷汗直冒。

「你只需以後每日服用一劑『批評接受，態度依舊』。三碗煮成一碗水，連渣服用。那麼這個病就不但對你本身無害，更能令你身心健康，大小二便都一樣暢通。」

我開始安下心來。

慢慢爬出醫院。抬頭看看，迎接我的是八月的和暖陽光和軟皮蛇的快樂人生。

花枝丸

To be or not to be, that is the question。而確定存在的方法有很多，例如：星期六晚上十時，在台北西門町的街道上突然想吃花枝丸。

花枝丸在無聲無息的情況下，突然浮現於我的腦海之中。一切來得太不可思議，就像是我們出海釣魚，竟在海中看見浮了上來的鐵達尼號一樣。

「到底我有多久沒有吃過花枝丸？」我不禁問自己。

這正是一個問題，在台北我吃過了牛肉丸、魚丸、牛腩，但就好像未吃過花枝丸。上次在香港吃是什麼時候？

九月？八月？不是，通通都不是。好像已有一段由河套人進化到黑陶文化期那麼長的時間沒有吃過花枝丸。朋友也沒有提起過：「喂，我們去吃花枝丸吧，已經很久沒吃了！」

花枝丸好像被世人遺棄在黑暗的海底之中。沒有人再去關心它。

我甚至開始懷疑地球上是否眞的存在過花枝丸這類東西。

我在西門町這女裝時裝店的門外突然發現，原來我們正處身於一個這樣的時代：臭氧層破了、蘇聯解體、Beyond 的黃家駒逝世。我們就是活在這般虛無的世界。村上春樹曾經說過：

「我們其實比想像中要脆弱得多，很多看似永恆的東西，其實都脆弱得不堪一擊。」

我的人生其實已經糟透了。女朋友要分手，把我趕出了她的住所，無家可歸的我一個人跑到了台北。在三重的冰店中認識了她，於是就搬進了她家。而星期六就陪她在西門町逛街、買衣服。

星期六的晚上，我竟然陪著一個在冰店認識的女孩子買衣服。我的人生到底有什麼意義？

不錯，花枝丸，突如其來的花枝丸在我心靈中激起了很大的震動，它一點一點地在我的思維中膨脹，彷彿要衝破我的腦袋出來一樣，我終於明白，人生不可漫無目的地存在。而此刻我也終於找到了人生的目標和最高的指導原則。

「我要去吃花枝丸。」

「什麼？」女孩子驚訝地望著我。「已經十點多了，店都關了門。」

「我要去吃花枝丸。」我重複了一遍。

「我們現在還是回家，明天……」

「我要去吃花枝丸。」我說：「現在。」

女孩子憤然離去，於是我轉進了西寧南路。在星期六的晚上，一個人繼續去找尋我的花枝丸。

這就是我的人生。

三十一歲老游擊隊的婚禮

「人生不過是如此嗎?」阿池不禁問自己。

三十一歲，對於其他人來說這正是人生的高峰。但作爲游擊隊的阿池，已感到有點力不從心的唏噓。

自從在大學中讀了波浪的哲學後，阿池就決心不去想事物的對錯，並且加入了游擊隊，進行他偉大而且悲壯的戀愛革命戰。

對阿池來說，女孩子只不過是一個攻擊的目標。只要找到了適合的目標，阿池就會立刻策動猛烈的攻擊。砲火像雨點般射向目標，游擊隊務求一口氣攻陷對方的陣地。

而每當突擊成功，進駐了目標後，阿池絕不會在那裡停留上超過三個月，這是游擊隊的原則。當他在目標上大肆搜掠一番，作爲游擊隊的補給後，便會迅速撤出目標。所以每個被他攻擊又撤出後的目標，都變得像火燒過後的曠野般荒涼。然後阿池又會找尋新的目標，繼續他的愛情游擊戰。

有時候，當阿池找不到新目標又或者攻擊新目標失敗後，他也會偷襲同伴的營寨。雖然是不道德，但這也出於無奈。因爲不斷戰爭是阿池存在的最大目的，甚至可說是生存的唯一方法。

可是這場戀愛的革命戰爭維持了十個年頭，戰況也沒有多大進展。阿池感到灰心，他問自己，十年來自己奔馳沙場，衝鋒陷陣，到底有什麼意義？他付出了這麼多的青春，到頭來又換得什麼？他開始對革命事業產生了懷疑。

於是阿池脫離了游擊隊，找了一份較穩定的工作，然後到了那些婚姻介紹所。那是他過去最討厭的地方，但他還是去了。並在那兒找到了一個比他年輕三年，但性經驗足足少他十年的女孩。在幾次平凡的約會後，他們就理所當然地結婚了。

婚禮上，每個游擊隊隊員都不禁黯然流淚，因爲他們認爲阿池是那種縱橫沙場，寧可戰死也不願老死的英勇戰士。可是今天他却教大家失望了。

但阿池本人不以爲然。因爲他認爲過去戰事之所以失敗，完全是由於自己一直漂泊不定。他需要先找一個可讓他補給，休養生息的永久根據地，才有利於他革命事業的擴展。

游擊戰術畢竟不是長遠之計。

牧師一面誦讀經文，阿池一面在席上尋找新的目標。

愛情重傷後的手術

自從她離開到現在，已經三年多了。

男人告訴我，她最喜歡他吻她的背。當男人每次輕吻著她的背時，她的反應都會比平時劇烈。然後她就會和男人歡天喜地做起愛來。

而當她告訴男人要分手時，男人並沒有哭。直到一個月後有一次他到了百貨公司，看到公司內月曆女郎的背，男人就哭起來。

他仍深深愛著她。

爲了等待她回來，於是男人就把他的下體和頭腦分割了。男人告訴我，這是一個比割盲腸還要簡單的手術。簡單得可以一面看電視，乘著廣告時間自己替自己進行。

男人首先在下體上面兩吋左右的地方，用美勞用的刀切開一個洞，接著找出了連接腦袋的神經線，只一刀就把它們割斷了。

「就是這樣？」

「對，就是這樣。」男人說。

據他說，自從把下體和頭腦分割後，健康一直相當不錯，性慾也沒有受到影響。而男人就可以繼續專心地愛她，不會再戀上其他的女孩子。現在和其他女孩上牀，男人不會感到對不起她。因爲男人不會愛上這些女孩，對她們的感覺也只限於在下體處。就像被堤壩閘著了的河水一樣，其他女孩子從來都無法到達他的腦裡。

「那麼你和其他女人做愛時想些什麼？」

「什麼都想呀，哲學思潮、後現代主義、電影的票房數字，諸如此類。」

「電影的票房數字？」

「是啊，每星期刊在報章，反映電影賣座情況的那些數字。」

「感覺怎麼樣？」我問他。

「不錯嘛。」男人說。「雖然很多時候在事後都會忘記她們的樣子，可是也不是什麼大問題呀。」

「於是你後來就當了男妓？」

「反正也分割了，當男妓也沒關係。」他說。

「這也是。」我點點頭。

一個星期後，我再遇上那個男人，他問我想不想作分割的手術。只要給他一筆數目不大的手術費，他就可以替我辦妥，而且保證沒有其他併發症。

不過我還是拒絕了他。

餐廳中的男人

八月最後的一個星期二的下午，我正趕著去接女朋友下班。當我從港島線列車走到月台對面荃灣線列車的時候，我遇見了他。

我們在人潮中擦肩而過，他顯得有點疲倦，頭髮也較過去稀疏了一點，但眼神始終沒有變，所以我一看就認得他。他並沒有看見我，而我也沒有打算上前叫他。因爲我們根本不是什麼要好的朋友。

一九八九年的秋天，和其他的秋天有點不同。空氣中充滿了電油的氣味。人們正忙於各種的運動。而當人群唱著《我的中國心》時，我轉入了街角的電影院，看了一部三流的本地電影。

那時我和他並不認識，不過我們每晚都會到那餐廳，那是過去我和女朋友最愛去的餐廳。由於餐廳的客人很多，獨個兒來的客人往往要與他人搭檯，於是日子一久，他就彷彿成爲我的朋友。

「吃些什麼?」侍者問我們。「乾炒牛河。」

那時我十九歲，他三十一歲。我們都是因爲愛情的失意而來到了這餐廳。而另一個我和他相同的特點，就是我們都愛吃乾炒牛河。可是那年的秋天，所有的乾炒牛河像是回了家鄉探親似的，侍者告訴我們沒有乾炒牛河。可是除此之外，我們什麼都不想吃。乾炒牛河彷彿成爲世界上最後的處女，吸引著我和他的靈魂。沒有了她，其他的連碰一下的興趣也沒有。於是我們都只是喝咖啡和抽菸，或談些太郎是否超人九號表哥之類的問題。

這樣的日子大約過了一個月。有一晚老闆走過來告訴我，他們有濕炒牛河，問我們要不要試試。我仍記得那刻他的眼神，是何等堅定。像是吃不到乾炒牛河就會死。但是我想，或許我也應改變一下口味，於是我點了一客。我發覺雖然不及乾的好吃，但總比沒一點東西下肚爲好呀。於是接下來的日子，我開始吃了西班牙龍蝦、肉醬義大利麪、吉列豬排……而他仍堅持只吃乾炒牛河。

就是這樣，一九八九年的秋天，我和他同樣吃不到乾炒牛河。可是我却吃遍了餐廳裡的所有菜式，而他一樣也沒有吃過，或許這正是十九歲和三十一歲的分別。但在這時候，不知不覺我的傷口已經復元了，於是我離開了餐廳，再沒有見過他。

晚上，女孩子問我介不介意她不是處女。

「沒關係，反正這只是時間問題而已。」我說。

民主國家

「我們生活在一個民主國家中。最低限度，總統在元旦賀詞上是這樣說的。」女孩E告訴我。

E的男友B，竭力討好E。每天接她上班、下班，中午陪她吃飯，周末就和她去聽演唱會和逛百貨公司。B已經用盡了他所有的時間和金錢，可是E仍嫌B陪她不夠。

朋友都說E是一個貪得無厭的人。可是E本人卻說：「這裡是民主社會，任何人都有貪心的權利。」

這就是人權。

當然，如果引用了這個權利的話。E認識了富有的K，然後和B分手，這事就會像聖經課般平淡乏味。E和K很快便同居。但不到三個月後，K又和另一女孩Q打得火熱。

「雖然當時極爲憤怒，」E喝下一口啤酒。「但當然，他也有選擇權。」

爲了這件事，他和K吵了許多次。後來在情人節的前夕，E回家時發覺Q正躾在她的牀上，興高采烈和K做愛。於是E隨手拿起打沙坑高爾夫球專用的S桿，和Q打起架來。

「你想像得到一邊做愛，一邊和別人打架的情況嗎？」

「想不到。」

於是E、Q、K被帶上警察局，而就在那時，E又認識了處理這案件的探員J。E不介意探員J是個有家室孩兒的人，她什麼都不介意，所以雖然兩人年齡相差近十年，仍湧起了比《愛你九周半》還要激情的戀愛。

E相信探員J會和妻子離婚，而J本人也是這樣說。於是E由春天等到夏天等到秋天。當冬天來臨時，E決定不再等下去，於是留下了一張「好討厭！」的留言，便離開了J。

「後來怎樣？」

「他打過電話給我，可是我掛了他的電話。我有權決定接聽誰的電話。」她喝下了一口啤酒。

「嗯哼。」

「嗨，你今晚有沒有空？」

「什麼？」

「我今晚不想回家，你知道附近有便宜的旅館嗎？」

我看著酒吧牆上掛著的國旗，民主國家眞有意思啊。

宴會

砰、砰、砰……

當樓上一層那該死的胖子又作健身操時，天花板掉落了一陣石灰。母親拿著剛打算放進口中的湯匙，停下來望著天花板，其他人也自然跟著做這動作，而我不禁一臉冷汗。

媽的！那胖子根本不知道今晚是多重要。

一直以來，這事我感到極端困擾。我總在所寫的文章中徹底表白我的感情，也披露了我的人格。各種隱瞞衆人的「獸行」，我全部在我的文章中說出來。本來並沒有什麼問題，因爲我跟讀者的關係就像戴著保險套進行的性行爲——有接觸但也有距離。縱使讀者們知道了我的人格是何等低下，但他們不能用他們的食指指著我鼻尖來罵：「你是衣冠禽獸！」因此，我仍一直樂於與大家分享我的「戰績」。

但是，親友識字實在是一件叫人相當懊惱的事。母親每次看到我的文章就憂心忡忡，擔心我變成了什麼變態狂、強姦犯。親友們熱心地為我介紹女孩子，希望當我有了固定女朋友後心理會正常一點。每逢假日，一大群親友就硬要拉我去遠足、烤肉、游泳，說什麼促進身心健康。我快要被他們煩擾得發瘋。而鄰居們更加離譜，在我上次寫了一篇跟大廈中的女孩子睡覺的小說後，黃太（四十二歲！）竟然自此不敢單獨和我一起乘升降機，更吩咐女兒不要跟我說話。

他們的各種行動實在替我的寫作增加很大的壓力。每當我拿出稿紙寫故事時，家人、親友、黃太和她女兒……一張張的面孔又會逐一浮現於原稿紙上。那時我會變得全無靈感，腦裡一片空白，我感到他們正一步一步地壓逼著我，左右我的創作。

因此，當我在「分類小廣告」中看到這則介紹時，我決定用盡我的積蓄買這種「文字能力退化丸」。這藥的服用者，文字解讀能力會一點一點退化，直到成為一個不折不扣的「文盲」為止。

我邀請了所有親友、鄰居到我家中吃飯，把藥下在湯中。現在只要大家一喝下他們面前的湯，我就能恢復我的創作自由了。

石灰一陣一陣掉下。母親和其他客人仍拿著剛提起的湯匙，凝望著天花板。

砰、砰、砰……

共產黨

「在談論這事之前我首先要交代一點，就是我所講的這問題，其實本身就一直存在。只是過去的我一直採取容忍和克制的態度，因此你才沒有發覺。可是現在我實在無法沉默下去。所以我必須告訴你。」

「嗯。」

「基本上，我們彼此之間的感情，完全是建基於我們各自所付出的X上。因此，X可稱爲感情資本。」

「嗯哼。」

「你所付出的，就是約會時的花費，或者是因爲我遲到而等待的時間——我承認我確實曾經有這行爲。但比起其他女孩子來說，我的時間觀念也算是中上。你認爲是嗎？」

「唔。」

「而我所付出的，就正是我和你一起時對你的關懷。」她說。「而當我們把彼此所付出的資本結合起來，就會成爲最終的產品——我們的感情。」

「嗯哼。」

「可是在資本上而言，你所付出的金錢、時間，是任何如果想付出的人都能付出的。反正只是時間金錢，甲乙丙所付出的就一模一樣，沒有差別。所以在生產發展的過程中，根本是一成不變地轉移到我們的感情上。因此，我們可以稱你的爲『不變資本』。」

「嗯。」

「生產出來的感情，其價值就比我們之前所付出的增加。而其差額就是Surplus Value（剩餘價值）。那完全是因爲我所付出的關懷能增加價值。」

「噢。」

「這就是說剩餘價值是從可變資本而來的。因此其得益應當歸我所有。你說對不對？」

「對啊。」

「可是，」她調整了一下聲音。「你却一直剝削和榨取我的剩餘價值。」

「什麼？」

「你在這段感情所得的滿足感可要比我大得多。這點實在令我無法再忍受下去。」

女朋友向我提出了這樣的一個分手理由。

革命黨被消滅之夜

那個晚上，我們的黨人全數被捕。

事情發生得實在太突然，每個支部差不多在同一時間被安全局的特工突襲。我們還來不及作出任何反抗，就全部落網。

雖然如此，但我仍把桌上那杯熱騰騰的 Cappucino 潑向首先破窗進來的鴨嘴獸特工，並嘗試從後門逃走，可惜沒有成功，仍然被特工逮著。因此，我受的苦頭可要比其他的黨員多。

可是我們像是有苦行僧般的耐力，安全局拿我們沒有辦法，於是把我們押往法庭。庭上的法官一看見我們就指著我們破口大罵。

「叛黨，非國民。你們知不知道你們所幹的是何等大逆不道。」

「法官大人。」我從犯人席站起來，代表全體黨人說話。「我們只不過是在爭取自由罷了。」

「自由，自由。」法官叫起來，「多少罪惡假汝之名而行。」

「那你們憑什麼拘捕我們？」

「國家安全法。」

「不。這安全法是根據什麼而定？」黨人中有人大叫。

「這是根據一九二〇年於倫敦成立的國際勞工局的解釋：『當社會在其組成分子可能或已遭遇若干危險事故時，必須重新加以適當地組織，給予其安全之謂。』你們這群自稱自由感情革命黨的人，不但破壞了社會道德，有傷風化；我們更有理由相信，你們直接參予了提高婚前性行爲比率的活動。引起對社會一連串的破壞：性行爲年齡下降，未婚媽媽人數大增……」法官歇斯底里叫喊著。「你們的行爲，實在是國家的恥辱，所以我必須判你們衆人——死刑。」

「我們是不會屈服的。」

「只有鴨嘴獸找不到處女，才會當你們的爪牙。」

「來吧，革命黨是不怕死的。」

法官並沒有理會黨員們的叫聲。而當我們被押往受刑時，每黨黨人都神態從容，大家高舉左手作納粹手勢，作爲向我們最高精神領袖——魔術強森（Magic Johnson）的最後致敬。

就是這樣，那個晚上我們全都被送進了碎肉機。於是自由感情革命黨也被消滅了。

風

醫生邀請我到他家鑑賞他所收集的那些風。

根據醫生所說，自從他的妻子離開了他後，他就開始收集風。連他自己也不知道爲什麼會選擇了收集風，而不收集古董或者電影海報。

一直搞不清楚。

而在一個可能與另一個可能之間，他決定收集風。

在客廳中的高柚木櫃內，放著四百多個大大小小的玻璃瓶子，每個瓶子裡盛著的，就是醫生走遍各地努力收集回來的風，而風的種類也有很多：有美國德克薩斯州的龍捲風、新德里的印度洋西南季候風、溫蒂颱風眼、山海關的東北副熱帶季候風……多不勝數。

「這個。」醫生拿起其中一個佩綠雅礦泉水的瓶子。「這就是雷里耶夫在紐約感冒打噴嚏時的風。那時一時間找不到瓶子，於是我就用自己正在喝的佩綠雅瓶子把風盛起來。當然，剩下的半瓶礦泉水也沒有再喝，和風一同保存起來。」

「可是那又有什麼特別？」

「嗯？」醫生望著我。

「我是說，雷里耶夫感冒打噴嚏時噴出來的風，跟別人噴的風或季候風，這一切的風有何分別呢？」

「當然有分別啊。」他說，「分別在於這、是、雷、里、耶、夫、噴、的、風、啊！那和薩爾瓦多・達利噴的、甘地噴的又或者吉本・芭娜娜所噴的也有分別。和誰噴的都不同啊，每種風的風向與風速也有差異，單是四百多種風的濕度這點，就能夠在大學裡開一門函授課程。」

「嗯哼。」

「風是一種專門而且高深的學問，你們這輩是不會懂得的。」醫生一面望著他的收藏品，一面感慨地說。

大概是。

於是醫生拿出了酒，我們一面喝伏特加，一面品嘗一瓶他由約旦帶回來的風。平日除了有什麼大事之外，他是絕少拿出他的收藏品出來招呼客人的，而那瓶風似乎鹹了一點。他說這是由於死海含鹽量高達百分三十三的關係。而喝了一會兒後，我告訴醫生，不管他再收集多少種風，他的妻子跟我的女友一樣，是永不會回來的。

「或許是吧。」醫生又再次望著那一瓶一瓶的風發呆。

守時

首先要闡述一下傻瓜的定義。

年輕的王子問身邊的大臣怎樣才算是一個傻瓜。

年老大臣認眞地思考了三秒之後說：「當你身邊最親的人都認爲你是一個傻瓜時，你就是一個傻瓜。」

「噢。」王子暗暗自忖。

這是一篇關於守時的文章。

在山後面有一條河，每年情人節之後的星期二，大批的鮭魚就會成羣結隊游到上游，作其莊嚴且神聖的繁殖活動。

而年老漁夫每年到了這個時候就會在山腰的河上架起魚網，一面聽著披頭四的 Let it be，一面和妻子坐在岸邊，等待落網的鮭魚。

可是今年年老漁夫和妻子已經坐在河旁，連續等了十四個晚上。鮭魚還未來到。年老的漁夫實在忍不住了，於是轉頭問身旁昏昏欲睡的妻子：

「我像一個傻瓜嗎？」

「嗯，是啊。」妻子淡淡說道。

年老漁夫不禁流下淚來，因爲除了妻子外。他在世上已經再沒有其他親人。

無聊不斷的等待，是印證時間流逝的最有力證據。因此，當我們等待《阿飛正傳》的續集，又或者拿著開始凋謝的香檳色玫瑰站在街角，點上已不知第幾枝香菸的同時，時間就確實在我們身旁走過。

「Hi！」

「噢，你好。」就是這樣，你就變了一個傻瓜。

你或許會問那是傻到什麼程度。我可以告訴你，這就大約和組織神聖同盟（Holy Alliance）的俄皇亞力山大一世一樣。

「不是吧？」你驚訝地說。

「對呀。」我點點頭。

所以，爲了避免令全球人類出現傻瓜化的現象，敬請大家務必要當一條準時繁殖的鮭魚。作爲對全球非傻瓜化運動的一點貢獻。

謝謝大家。

戒指

「為什麼？」季子向她的同居男友渡邊哭問。

渡邊一直沒有說話，但與其說他沒有說話，倒不如說他根本不知道能說些什麼。

「為什麼？」季子再問一遍，「你是不是嫌棄我不是處女？」

「那有這樣的事。」

「要不然你為何會弄丟了那戒指？」

渡邊抽著 Mild Seven 香菸，他不明白女孩子的聯想力為什麼會這般厲害。

「你是嫌棄我不是處女。」她一面啜泣一面說，「於是將那戒指扨掉了。」

「沒有這回事，那就像烏干達兒童合唱團與玉米碎肉炒飯一樣，根本是兩種毫不相干的事。你怎麼能將它們混在一起談。」

「那你說，你是不是介意我不是處女？」

「我不是很喜歡，但絕不是介意。」

「不。」她哭得失了聲，「你是嫌棄我才丟掉了那戒指的。」

晚上，渡邊躺在客廳的沙發。他不明白女孩子爲何總愛無理取鬧。的確，他在過去幾次和公司中的女同事到別墅時，他會把手上的戒指除下來。但這並不代表他介意季子不是一個處女。當然，和女同事到別墅也不是因爲這個原因。

可是，渡邊心想，到底自己是不是嫌棄季子不是一個處女呢？或許雖然口中說不，但在不知不覺間潛意識卻介意起來。有時當看到季子在睡覺中微笑時，渡邊也難免會懷疑她是不是想著那男人呢？到底那男人是怎樣的？和別人做的時候，季子是怎樣的反應呢？

「可是除了不是處女外，她什麼缺點也沒有呀！」渡邊心想。

他知道自己是深愛季子的。

第二天傍晚，當季子下班回家時，看到渡邊捲起了衣袖，在門外馬路旁的草叢中尋找遺失了的戒指時，她不禁流下淚來。她明白現在已經很難找到一個早上會做早餐，做愛後肯下牀到廚房拿水給她喝的男人，自己又不是處女，有這樣的男人還有什麼苛求呢？

「對不起。」季子擁著渡邊，一直不停地哭。「其實我只是和他做過兩、三次，那時我們都是十八歲……」

「沒關係，沒關係……」渡邊一面安慰著季子，腦裡一面在想著烏干達兒童合唱團的事。或許兒童們在練習時的午飯時間，會吃一個玉米碎肉炒飯的飯盒也說不定呢。

國旗

那個短髮的女孩子告訴我，曾經有一段時間，她瘋狂愛上燒旗杆上的國旗。

那就像年輕時喜愛集郵，收集貝殼一樣，燒國旗成爲了她的嗜好，連她自己也清楚了解到，這是一種病態！

「可是怎樣也控制不了。」她說，「實在太想燒它們呀。」

她說，甚至連她經常穿牛仔褲而不穿裙，也是因爲準備隨時在燒了國旗之後有逃跑的可能。

「那你試過逃跑嗎？」

「當然啦。」她點點頭，「但其實那次也算不上什麼，只不過是在燒旗時給警察看見了。於是警察追，我們走。雖然我們最終也逃脫了，可是男友卻因此提出了分手，他說他再也無法忍受了。」

「嗯哼。」女孩自此之後就再沒有和其他男孩子談戀愛，而一心一意替那些國旗舉行火葬。每次她都會盡量選那些有風的日子進行這種她所謂「莊嚴且神聖」的儀式，因爲她告訴我，每當看著了火的國旗在風中飛舞，她就會感到一股莫名的興奮。

「可是，我絕不是那種任何國旗都去燒的女孩。」她說，她是只會去燒那些有國歌配合的國旗。因爲她只要一想到升旗時大家要嚴肅地——最少表面要顯得嚴肅，且唱起國歌時，她便很想把那國旗燒了。

「那會是你對國家主義厭惡的一種轉化嗎？」我想出了這可能的答案。

「不。」她認眞說著。「我想和這個並無關係，問題只是在於旗的本身。」

「旗的本身？」

「是呀。」她喝了一口咖啡。

「那你有將這燒國旗的事告訴其他人嗎？」過了一會我問她。

「沒有，因爲我燒國旗的事，就和費里尼拍《八又二分之一》的情況很相似。」

「怎樣？」

「就是別人看不懂，只有自己才明白呀。」

燈

你說想和我結婚，但首先我得要告訴你關於我的過去，避免妳對於我這個人的人格有所誤解。

基本上，我的人生就像即溶咖啡、嬰兒糞便與鉛筆屑混合沖成的飲料一樣，是稍有消費選擇性的顧客都不會碰的東西。

我的第一次性關係發生在中學三年級那年，她是我的英文補習老師。那時我十五歲，她二十一歲，那天晚上家人全不在家，只有我和她兩人。她穿著黑色的緊身套頭衫和一條白色百摺長裙，我由她進來開始就一直盯著她的身體。她豐滿的胸部在那緊身衫中彷彿要擠出來似的。

「Do you want to fuck?」在我盯著她的胸部十五分鐘後她說。

「嗯哼，」我想了一會。「This is a good idea。」

第一次性關係就是這樣發生的。

而第二個跟我上床的女孩是我的同班同學。那時我主動留下來教她數學，在第三次留下教她的時候，我們就在教室的桌上做起愛來。

後來的日子，我經常在下午到她家跟她做愛。

有一天下午，當我正在床上進行著激烈的性行爲時，她十六歲的妹妹突然回到家中，她的妹妹看到這個情況尷尬得不知所措。

爲了害怕她會向她的母親告密，於是女朋友馬上把她的妹妹按在床上，然後揭起她的校裙。我壓在她的身上把她強姦。

接下來的日子，我開始跟她們兩人上床。有時候是分開的。有的時候就兩個一起。我們玩著各種變態遊戲。可能由於她們是兩姐妹的關係，二人做起來倒相當有默契。後來……

「等等……」女孩子說。「有沒有關燈？」

「什麼？」

「你和你過去那些女孩子做時有沒有關燈？」

我認眞地想了一會。「有，每次都有。」

「那就無所謂啦，我是不會介意的。」她挽著我的手臂說。女孩子就是這樣莫名奇妙。

咖啡

叮嚀，叮嚀，叮嚀。

「喂。」

「嗯，是我呀。你正在幹什麼？」

「正準備吃晚飯。」我說著，一面把泡麵放進鍋裡。

我們是在一家小出版社認識的，那時我們都在一份青年周報中當什麼「學生編輯」的工作。可是其實那並不算是什麼編輯。而那時她就開始經常打電話給我，然後我們談些周報或周報以外的問題。

「那咖啡。你記不記得那咖啡？」她說。

「你到底指哪類咖啡，」我問她，「可知全球有兩百多種……」

「就是我半個月前打翻的那一杯咖啡。」我費了很大的勁才能勉強想起，因爲畢竟已是半個多月的事。那一天我們在出版社中開會，她不小心打翻了桌上的一杯熱咖啡，並弄濕了一疊投稿的文章。

「我忽然覺得，」她停了一會。「是因爲那杯咖啡，周報才會停刊的。」

「嗯哼。」

「你明白我的意思嗎？」

「我懂呀。那就是說你認爲在那杯咖啡和周報停刊之間，是有著某種有形或者無形的因果關係。」

「對，我就是這樣想，可能如果我當時沒有打翻那杯咖啡的話，周報就不用停刊。嗯，你說有沒有可能？」

「很難說，但你也不用自責。這事誰也控制不了。」

「我明白。」她嘆了一口氣。「只是心裡老是這樣想……」

「打電話給我就是因爲這事嗎？」

「是啊，因爲突然很想告訴你。」

「那麼還有其他的事嗎？」

「沒有啦。」

「那如果你再想到什麼就再打給我吧。」我說

「好啊，再見。」

「再見。」我放下電話後，一直想著那咖啡和周報之間的關係。有一隻蝴蝶從窗口飛進屋裡，而它的翅膀正有節奏地在空中一下一下拍動著。

泡麵開始在鍋裡翻騰起來。

母親

「喲，不行啊。」

「爲什麼？」

「如果讓母親知道我結識了男孩子，會打死我的。」她說。

My God！她是這類女孩子。

「你的母親怎麼會知道呢？我們又不打算拍錄影帶給她欣賞。」我說著點起了一根菸。

「如果懷孕呢？」

「怎麼會，我可以……」

「萬一不小心眞的懷了孕呢？」她搶著說。「總之，只要被母親知道了，她一定會打死我的。做母親的總是有辦法知道這個的。」

我從未見過像她一樣害怕母親的人。不過說實在的，她的母親確是對她管得非常嚴，甚至是到了令人無法忍受的地步（她卻一直能忍受著）。

「所有男人都是邪惡的毒蛇。」她的母親經常這樣訓誡她。我不知她的母親過去到底有什麼經歷讓她變成這樣。不過，她明顯地對所有男性存有強烈的敵意。而她過去也一直聽從她母親的指示，要不是我無意中在她往教會聚會的路上認識了她，眞不知這種狀態會維持到什麼時候。

「你是我的第一個男朋友。」二十五歲的她說。

可是她和我的見面，每次都是趁她母親出外才能溜出來的，而每當匆匆見了面後，她又要在母親回來前趕回去。這使我感到相當苦惱。

「難道我們永遠都要這樣子嗎？」

我告訴她，如果我們想得到幸福，就必須擺脫她母親的控制。她點點頭。於是我們決定今晚私奔。

午夜，我們在黑暗中向農田的另一端不斷跑，我們必須盡快擺脫她的母親，離開這該死的地方。可是後面傳來一個聲音。

「別走走走……。」

原來是被發現了，她的母親在後面追趕著我們。而身軀膨脹得像摩天輪般龐大。

「我的寶貝，你知不知道我多麼的傷心心心……。」

在午夜的農野中，我們不斷地逃，而她的母親就不斷地追。

任務

我走進了象牙塔中和她談戀愛，這是個千眞萬確的事實。大概連她自己也不會相信竟會和我談戀愛。但就像某些政治醜聞一樣，不可思議，但的確是發生了。

我是在那無聊的文學研討會中認識她的。她是那類稱呼父母爲爸爸媽媽的女孩子。從一出生她便在象牙塔中生活，每天除了寫詩外，就是到塔頂窗口處看海。可是她從未游過泳。除了那些無謂研討會呀、講座之外，她絕不會踏出象牙塔半步。

就連我們第一次做愛也是在象牙塔中進行。當我們做愛後，我隨手把用完的保險套扨在她的手稿上面，於是她就哭起來。

「俗不可耐。」她一面哭一面罵。

可是往後的日子，我不斷向她灌輸關於十字街頭的東西。那是她過去在象牙塔中從未接觸過，而又一直認爲是俗不可耐的東西。我給她看最道地的色情、SM 雜誌。教她說四種語言的粗話，然後帶她去同性戀者聚集的酒吧，一面聽重金屬的地下音樂，一面喝 B52。

情人節的時候，她告訴我想要一個有人偶跳芭蕾舞的音樂盒。可是我送了一個紫色的蕾絲胸罩給她，因爲我說我討厭她的那些千篇一律的膚色胸罩。

經過了三個月連續的訓練，她開始有所改變。現在每天她總愛穿三吋的高跟鞋，短得差不多站著便會露出內褲的碎花短裙。一面抽著法國菸，一面流連於電子遊戲機中心，而她在象牙塔中的時間開始越來越少。

「這樣子也不錯嘛。」她說。

那天，當她生日的晚上。我帶她走到了象牙塔前面的海灘，我們在海灘中裸泳，切蛋糕。當她許了願吹了蠟燭切過蛋糕後，我告訴她，我們必須要分手。

「對不起，但我的任務完了。」我照實告訴她。我其實受僱於土地發展公司。象牙塔年代久遠，又阻礙土地的發展計劃，爲了讓時代巨輪轉動不息，我們必須把所有住在象牙塔中的人引出來，使她們不再沉醉於當中。現在你已經不再迷戀象牙塔，所以任務完成，我們必須分手。

貍貓戀上女孩子的速度實在驚人，
只要任何女孩子在他眼前出現超過一分鐘，
貍貓就會找到理由來愛她。
當然，貍貓從熱戀步入大失戀的時間也不會太長。
因此他的人生可分為熱戀、大失戀或者什麼都沒有的三大階段。

一八四九年的Lee牛仔褲

「Lee的牛仔褲是有別於其他只懂利用傳媒來宣傳牌子的牛仔褲。Ｌｅｅ是擁有宏大歷史觀感的牛仔褲。」她這樣告訴我。

「嗯哼」

一八四九年，當廣州拒絕英人進城，清廷視爲空前勝利之際，地球的另一邊，Lee就正式誕生。而Ｌｅｅ在一九一二年成立其製衣廠，正式開始生產，中華民國也在同年成立。十四年後，北伐軍正士氣激昂地誓師北伐，Ｌｅｅ發明了第一條拉鍊牛仔褲。而在一九四九年，Ｌｅｅ一百週年的同時，中華人民共和國成立，國民政府遷往台灣。

對她而言，地球上似乎只存在兩種事情：歷史和Ｌｅｅ。

她告訴我，她從小就希望當一個歷史教師。每天穿著Ｌｅｅ牛仔褲回校上課，向學生講述七擒孟獲或中途島戰役之類的歷史事蹟。

「為什麼非要穿Ｌｅｅ不可？」

「因為這樣才夠意思啊。」她說：「你見過穿Ｌｅｅ牛仔褲的女歷史老師嗎？」

「嗯，你這樣說起，又好像沒有。」

「是呀，我也沒有見過，所以總覺得會很有意思。」

一直到現在，我都搞不清楚她所謂的「意思」到底是怎麼一回事。當然那時也不知道。在台北某大學的餐廳中，我們坐在近窗的一張桌子，一面喝著粗劣的廉價咖啡，一面抽ＹＳＬ香菸。她問我小時候的志願，我告訴她孩提時一直想當飛機師，因為根據我年輕的那個時代所知，只要把飛機由一邊駕到另一邊，就會有千兩黃金的酬勞。於是我就想要當飛機師。她聽了吃吃笑了起來，我們又繼續抽菸。

那時我們每星期會有一兩天逃課來到這餐廳，星期天或許會去些音樂會之類的活動，晚上就會一起走過那條兩邊種滿椰樹的公路，直到她家的門口。我想，要是換了別人的話，可能早就鑽進了她的被窩。

但我不是說自己是什麼有道德的人。說實在，那時確想和她上床。可是就連我也不明白，為什麼一直沒有這樣做。也許是因為她老穿著那條緊身的Ｌｅｅ七〇一吧。

關於我們到底是因爲什麼事而分手（或許根本談不上是分手），我實在已經想不出來。那時候的日子，就像自瀆後一樣虛無。你不會記得起那裡，正如那裡也不會記起你一樣。

總之，自從我和她分開了之後，我每天抽1.25包香菸，每星期喝一個浴缸滿似的啤酒，然後和數不清的女孩子上床，但當我和其他的女孩子上床時，腦裡總浮現她穿著Ｌｅｅ的牛仔褲，在教授歷史課的情形。

這樣的日子，大約過了一個冬季和一個微冷的春季。到了一九八九年的夏天，就是天安門事件的那一年，我在那印有「喝水思源」字句的自來水機喝了一口水。然後便離開台北。回來後我找到了一份出版社的工作，那是一間規模不大的出版社。我在那裡做著類似電話聯絡員的助理編輯。我始終當不成飛機師，只是當偶然要做些關於飛機的報導時，會去找些各類型飛機的圖片。

在這些日子，我仍繼續和其他女孩子上床，工作也很順利。但我仍好像欠缺了什麼似的，我不知道是什麼，可是總感到是這樣。她就像一顆悲哀的種子，跌落在我的心靈，成長爲悲哀的樹，然後繁殖再繁殖，成爲一片無邊的悲哀森林。每次當我閉上眼睛，我就看見自己坐著古老的雙引擎螺旋槳飛機，正以極低的高度掠過那片森林，耳邊傳來 Los Indios

〈Always In My Heart〉的音樂，我知道她正在森林中的某一角，靜靜地凝望我所坐的飛機。

再次遇上她，是一九九三年十月某個星期三下午的事，那時我在一間有落地玻璃的咖啡室，那裡可清楚看到街上的景物。

我正在一面翻看新買回來的小說，一邊看著街道上的行人，她就在咖啡室前出現。雖然已經過了很久，但她的外表還是沒有變，一眼就可認出。她穿著白色絲質襯衫，外面穿一件蔚藍色的外衣和同色的半截裙，手上拿著灰色的真皮皮包，匆匆忙忙地由街道的一邊走到另一邊。她並沒有看見我，而我也沒有打算跑出去叫住她，大概她已放棄了當歷史老師吧。我一直看著她，直至她在我視線內消失。我閉上眼睛。Ｌｅｅ和那些北伐的氣味，仍輕輕地散在四周的空氣之中。

我肯定。

花草物語

達利的同居女友季子，除了不滿達利每星期有四晚在公司通宵加班外，就是討厭那些長滿在他身邊的花朵。

「可是妳早就知道這回事呀。」達利說。

「是啊，但到了現在竟無法忍受。」她說。

「爲什麼？」

「因爲那些花草實在太令人討厭了。」

爲了花草這個問題，季子在和達利同居後已經不知吵了多少遍。每次最後總是以季子氣憤地拿出剪刀前盡身旁的花草，然後達利無可奈何地點上一根香菸來結束。

可是不到三天，花草又再生滿了四周。

根據達利自己講，這是他家族的一個遺傳病症。由於他體內的某種遺傳因子讓身體產生出一種奇異的氣味，使他不論到那裡，花朵和野草都會圍繞著他生長。不論在家中，所讀學校的教室，電車的座位旁邊……總之，凡是達利到過的地方，都會長出各個品種的花和草。甚至每當達利到洗手間小便時，便盆的排孔中也會長出一朵淺藍色白合花，盛著他的小便。

而在剛認識達利的時候，季子本身並不介意他身邊時常長滿的那些花草，相反的，她感到很有趣，因爲她的男朋友可以隨時隨地摘下一束襯滿了毋忘我或者滿天星的白玫瑰送給她，讓她可在過去所讀女校的同學面前炫耀。

「我是世界上收到男孩子送最多花的的人。」每次當看見同學們急於轉變其他話題時，季子就高興得不亦樂乎。

可是到了二人同居後，季子便開始越來越討厭那些花草，她開始稱它們爲：「幹他的狗屎東西。」而那些花草又經常長滿他們家的四周，只要一開門或者開窗，野花和雜草會完全遮蔽了她的視線，有的時候它們甚至會從門縫和排水溝口長進室內。

每當季子用每星期僅餘的三個晚上去與達利做愛時，她總是感到那些天堂鳥、劍蘭、桃花，在窗口外面監視著他們赤裸蠕動的身軀。

一想到這兒，季子就無法專心。

爲了花草的事，兩人已經不知搬了多少次家，可是那些花草仍緊緊隨著達利的身邊生長，彷彿要把他從季子手中搶過來一樣。

那天晚上，達利又打電話告訴季子因爲要加班而不回家，季子對著周遭的花朵，覺得實在難以忍受，牠們好像《怪房客》中的鄰居一樣觀看著可憐兮兮的她。

「他是我的，我的！我的！」季子向著它們大喊。

於是季子把心一橫，到五金店中買了兩罐汽油回來，一把火把全部的花草都燒光，大火刹那之間蔓延，使他們的家也被燒燬，而言季子自己也意外地被大火嚴重燒傷。

當季子再醒來時已經是躺在急診室的病床上。達利就站在她的身邊，可是突然間有一個女人從外面走進來，挽著達利的手臂。

「老公，你的同事好可憐啊。」那個女人說。

「嗯哼。」達利點點頭，然後他們就一起離去。

爲什麼？

季子心裡面問，可是說不出來，而當她看見身前鏡子裡的自己，她的手和脚變成了一條條細長的青藤，而頭就被燒成了一朵盛開的玫瑰。

「爲什麼？」她心想。原來自己也不過是達利身旁的一朵花。

保險

那天早上，她到了那保險公司。

接待處的職員帶領她穿過了像貝特里城地下迷宮似的辦公室，然後通過了一條走廊。到達Y主任的辦公室。

「幸好趕得上預約的時間。」她一面看手錶一面想。

這是一間規模宏大的保險公司，有悠久的歷史，口碑和信譽也是很好的，深得客戶信譽。但最重要的，也是它有別於其他的保險公司的原因——它接受任何類型客戶的投保。

進入辦公室，Y主任正坐在辦公桌前，用那牙膏廣告般的笑容來迎接她。

「妳好！請坐。」Y主任微笑地對她說：「介意我抽菸嗎？」

「不，請隨意。」於是Y主任點起了一根Dunhill。

「關於閣下對貴公司的申請，」主任一面翻開桌上的文件一面說，「經過我們公司的詳細考慮及分析後，我們決定不接受關於妳愛情企業的投保。」

她不禁嘆了一口氣，雖然這是意料之內，但是仍有點不快，「我可以多付一點的保費。」

「小姐，妳的企業問題不在於此。」主任說。

「保險費跟一般商品的定價不同，它是在實際成本發生之前，往往應用統計進行預測和估算。而其他商品一般都是在成本發生以後訂價的。因此，我們所收取的保費與損失補償之間往往是不對等的，不是大於就是小於。所以我們必須謹愼考慮到企業對象的狀態及風險，務求得出一個 Discrimination Equity（差異性公平）的保險金額。這個，妳明白嗎？」

她點點頭。

「可是，」主任調整了一下聲音，「妳的愛情企業卻有著一個很大的隱憂。」

「嗯哼？」

「那就是妳的男友。」他說：「根據我們公司的資料所得，妳的男友到上個月二十六歲爲止，總共有過十四個女人，每段感情平均維持了六百七十一點一四天。當然在這個數字上是有點誤差，因爲我們把他的那段孩提時期也算進去。但算了吧，我們不去計算它。可是，過去能超出這個平均數的女人，竟然只有二個。」

「這表示妳的男友感情流動性非常之大。而我們也同時可以估計，妳和妳男友之間的愛情企業，於兩年之內倒閉的機率超過百分之八十五，比經濟學上的估計還要高。」

「所以對於這種動態的投機風險企業，本公司實在無法接受投保，可是……」

「可是什麼？」她焦急地問。

「可是以我們服務顧客的原則，仍爲閣下做了一份計劃書。那是針對貴企業的特點，而訂定出來的一系列降低風險的方案。」說著Y主任把計劃書遞給她。

她接過了計劃書。那方案是這樣的：

㈠嚴禁他單獨上街超過三十分鐘。

㈡每月收入不可由其個人管理，應按必要開支而作每星期的配給，額外開支須作個別申請。

㈢傳呼機覆電時間每次不能超過五分鐘。

㈣逢星期一至五，由晚上七時開始實施宵禁，每天規定他在六時半前回家，星期六改爲八時。而星期日則要全天留在家中。

㈤所有來電須加以檢查，一律登記其來電人姓名、所屬機構及來電原因。

(六)可考慮替其進行閹割手術。

Y主任告訴她，只要她能依據保險公司所提出的方案來改善她愛情企業的經營，降低其風險，他們就會考慮接受她的投保。

「簡直是侵犯人權。」我憤怒地把計劃書摔到地上。於是她就和我分手。

原稿紙

當床頭的鬧鐘猛烈地響起來時，班尼在床上爬起來，然後穿上外套，開燈，小便。

一切就如平常的星期四早上一樣，唯一不同的，是班尼的頭變成了一張五百格的原稿紙。

碧綠色的線條在雪紡般的白紙上格出五百個空格，而在稿紙的右上方還印有「20X25＝500」的標誌。

「大概是昨晚酒喝得太多吧。」班尼對著浴室中的鏡子，自言自語地說。但他發覺自己有點口齒不清，連他自己也不能辨別，到底自己說話聲音是從哪個格中出來的。

在經過連續二十分鐘的確認後，班尼終於得出了一個結論：自己的頭眞的變成了一張五百格的原稿紙。

可是班尼想，既然頭眞的已變了一張原稿紙，就得盡快想出一個解決的辦法——最低限度也要找出哪個格子是口，哪個是鼻。

要是連自己的口和鼻也不知道在哪裡，這未免太不像樣吧。

這時，班尼的前妻來了。

「我是回來拿我的衣服的。」她一面進來一面說。「嗯，不過你為何變成這樣子？」

「什麼？這並不是我自願變成這樣子啊。」班尼說。

「嗯哼，是嗎？」前妻帶著鱠魚般的諷刺眼神說，「當然，一直以來所有事情都不是你自願的。就像你跟你那些女朋友們鬼混……」

「我不是要跟妳討論這個問題。」

「你不是要跟我討論這個問題嗎？我知道，你從來不會跟我討論的，你自己總是堅持自己的那一套，根本不理會別人的感受……」

「算了，我現在並不想跟你吵架。」

「我也不是因為要跟你吵架才來的。」她調整了一下聲音。「反正現在你怎麼樣都跟我無關，你喜歡做什麼都可以，這是你的自由。你愛戀稿紙也可以，變塗改液也無問題……」

我說不是我自願變成這樣子的呀。班尼本想這樣向她大叫，可是為免再度陷入那種沒完沒了的爭論之中，所以班尼還是沒有說出口。

過去的四年已經讓班尼受夠了，他不想再重蹈覆轍。

他想，還是出外面找點辦法，反正在這兒也不能有什麼結果。一出門，班尼又遇到他在咖啡室中認識的女朋友。

「親愛的，你的頭怎麼了？」女孩子驚訝地問。

「唉，我也不知道。」

「那會回復原貌嗎？」

「恐怕不會吧。」

「唔，」女孩子沈吟了一會。「這我不能接受。」

「什麼？」

「我不能接受每天都對著一張稿紙過活，還要跟它一起看電影，接吻，睡覺。」

「那有什麼不好啊？」班尼問。

「我看不慣這麼多的『白眼』。」

「那些是口呀。」班尼說。

「不管怎樣，我就是受不了。」女孩說。

於是班尼又去找他那位在出版社的編輯朋友。

「他媽的……這是什麼？」編輯朋友一見面就說。

「其他的先別說吧，能否替我找個地方寫點東西。」

「這倒要想……」編輯朋友說：「嗯，不過說來奇怪，你不是一向都很討厭寫作的嗎？」

「雖然過去是這樣，但既然頭也變成了一張稿紙，那總得寫點東西啊。能在你這兒寫稿嗎？」

編輯朋友盯著班尼的頭顱好一會，或許再不能稱它爲一個「頭顱」，而是一張沒有立體感可言的稿紙。「這下子可有問題啊。我們這裡不能接受你的稿件。」

「爲什麼？」班尼問。

「因爲你是五百格稿紙。我們出版社的政策是：只出版用四百格稿紙所寫的稿件，其他五百、六百格的一概不接受。」

「爲什麼呢？五百格的稿紙整齊、美觀，計算字數容易，方便排版，爲何不能接受呢？」

「這是出版社的政策。」他說。「五百格稿紙不受理。」

「不管是寫什麼？」

「不管是寫什麼。」編輯朋友回答：「不過我倒可以介紹你到《老爺車》（註）那裡寫稿。聽說他們是接受五百格的稿紙的。」

「那眞是麻煩你。」從此班尼就到了《老爺車》寫稿，過著快快樂樂的日子了。

註：《老爺車》乃香港一本歷史悠久之色情雜誌，現己停刊。

關於停電的晚上

記得在那一年（大概是一九八八或者八九），我在學校的餐廳裡讀了米蘭・昆德拉（Milan Kundera）的《生命中不能承受的輕》，當中有一段談到關於尼采的「永劫回歸」(eternal return)。昆德拉認為所謂「永劫回歸」根本不可能。歷史和人生一樣，都只有一次，是永遠不會成為圖畫的草圖，永不能公演的綵排，我們沒有被賦予第二次、第三次生命來比較我們的選擇，那麼選擇還有什麼意義？

她是一個自我封閉的女孩子。

她從不喜歡別人進入她的世界。也不想進入任何人的世界。她生活於那種只要在柏油公路上，用白油畫上一個方格並站進去，而後所有汽車都不會駛入的世界中。她一直都滿足於這個方格，從來都沒有想過離開，或許過去曾有人問過她為什麼不考慮把方格擴充一下。

「不大需要，對於我來說這已經挺足夠。」我相信她應該是這樣回答。因此她確實是一個封閉的女孩子。也因爲這個原因，我並不想寫出她的名字（本來我打算把名字寫出來的），我並不是怕同居的女友知道，那只不過是因爲我不想因我把名字寫出來而令她感到懊惱。

那時因爲校內宿舍電壓的某種問題，學校經常出現晚上停電的情況，連校園中的照明燈也沒有電。整所學校像進入了冬眠似的。學生會曾先後多次向學校反映，校方也答應過會優先處理這問題，可是停電情況依然維持每個月兩至三次。

然而在每個停電的晚上，她會一個人穿過教務處前黑漆的長廊，一直走到長廊的盡頭，然後從樓梯走上二樓，走到平日早上上課的教室，而我們就會在那兒做愛。

那時連我自己也不清楚爲何會是這樣。我和她都是讀同一班的。但我們彼此不認識，差不多在整整一個學期當中，我們也談不上五十句話，而且大部分都是屬於功課內容或無關重要的話題。那時甚至有些同學認爲我是跟她不和。

我已記不起在哪天和她做愛，她從來沒有對我或者對其他人提起過爲什麼要跟我做愛，而我也沒有對別人說。

我對她的一切完全不了解，白天在課堂上我們跟所有的同學沒有分別，然而在每個停電的晚上，我們就在教室中做愛。

在黑暗當中我們會一聲不響地脫去外衣、長裙、內褲，然後擁抱接吻愛撫做愛。漆黑中她的眼神就像迷了路的女孩般無奈，她一直都不說話，就算在做的時候，也總是默默地一聲不響，本來我每次都想打破這樣叫人窒息的沈默。可是後來我開始感到，她並不是打算和我做愛，那只是隨便找一個人作性行爲的夥伴。任何人都無所謂，不過在隨便世界中的隨便的我，被她隨便地抽中了而已。

Bingo。於是我不再打算說些什麼。

那時，時間就像個經常開小差不見人影的職員，而當老闆正要罵他的時候，他又會把厚甸甸、己完成的報告拋在老闆的面前。就是這樣，當流星出現、布希當選、潮汐漲退。我感到時間在我的背後擦過。

最後一次和她做愛，是在五月份的一個星期四晚上。那晚上我們如常地在黑暗之中做愛，而當我們做愛後，正穿回衣服之際，她突然抬起頭來看著我。

「怎樣？」

我對她突如其來的話呆上了好一會，我從來沒有想過她會在那時候發出任何聲音。一切都還沒有來得及思考。而更重要的是我根本不明白她所說的「怎樣」是什麼意思？剛才的感覺怎樣？日子過得怎樣？還是我們將來怎樣？

「沒什麼。」

雖然連我自己也不知道這是什麼意思，可是我卻這樣回答她。而她再也沒有說什麼，於是我們就在黑暗中離開。

這是我們最後一次做愛。一個星期後，她在五層高的行政大樓天台跳了下來。

這事在校內引起了好一陣的哄動。沒有任何遺書或遺言，皮鞋整齊地並排在天台上，連明天要交的作業也做得妥妥當當，一個錯字都沒有。什麼都沒有一點變化，但就是跳下去。

那時，她本身在校內並不突出，而且期末大考的日子快到。所以當日子一天一天過去，大家也慢慢淡忘了這事，一切都回復平靜，像什麼也沒有發生過似的。

昆德拉曾說過，由於歷史的不復回歸，因此所有的事情都變得比鴻毛還輕。一切都預先被原諒了，一切皆可笑地被允許。可是，在每個午夜夢迴、失眠的夜晚，我就總會想起那個停電時候的教室。

我想，如果——我是說如果，那晚我並不是這樣回答的話，我們之間到底會變成怎樣呢？

不知道。

大失戀

狸貓的「大失戀」比任何一次的海嘯還要厲害，否則配不上別人稱謂的「大」失戀。

我和狸貓兩個彼此在中學時代已經是同學。一直以來，狸貓在校內的成績不太好，而且出席率不高。因此校中成績優異的小男生、小女生都會齊聲說：「狸貓是壞分子。」於是大家都避之大吉。可是眞正的壞分子却認爲狸貓本身其實不壞，沒有資格加入他們的組織。於是狸貓就跌入了這兩大陣營之間的深溝中，像復活島的巨大石像般過日子。

「或許就是因爲這個原因，我倆才會成爲朋友啊。」狸貓曾經這樣告訴我。

記得狸貓第一次大失戀，是在中二的那一年。好像是馬奎斯寫《百年孤寂》的那一年。他暗戀了校內最出名的美人兒（很多男生們都說她喜歡性虐的遊戲，可是我不明白爲何人人都那麼肯定），狸貓深深迷戀著她，而且嚴重到快要發瘋的程度。他爲她寫詩到校刊，可惜沒有被選用（狸貓因爲這事，辭去了學生會幹事），每個休息和午飯時間就到她的課室外面偷看她，進而偷進教務處看學生紀錄，找到她的電話地址。

「打電話告訴她嘛。」那時我這樣勸他。可是狸貓一直不敢打電話給她或到她家樓下等。每天只是用休息、午飯時間的空檔偷偷凝望著她。可是當日子流逝，美人兒終於找到了她心目中的白馬王子。那是比我們高一班的一個男生，成績優異，英俊大方，是校內球隊的隊長……一切都比狸貓好得多，就像一九三九年希特勒攻進波蘭一樣，是連狸貓自己也不能否認的事實。

於是狸貓就開始了他第一次的大失戀。

晚上，狸貓用白電油倒進空的 GUINESS 啤酒瓶中，作了兩個燃燒彈，然後拿到附近工地裡的小丘上投擲。

「算了罷，或許她眞是個喜歡那類玩意的女孩。」我看著熊熊的烈火對狸貓說。

「但我就是怎樣都無法忘記她。」

「爲什麼?」

「因爲我本來就不介意那類嗜好。」狸貓說。

當然日子一天一天過去，最終狸貓也是忘記了她，就有如被希特勒佔領了的波蘭畢竟也復了國一樣，那只是時間問題而已。可是就因爲世界上存在著數不盡的女孩子，因此也存在了無數能令狸貓進入大失戀狀態的可能。

狸貓戀上女孩子的速度實在快得驚人，只要任何女孩子在他的眼前出現超過一分鐘，狸貓就會找到理由來愛她。當然，狸貓從熱戀步入大失戀的時間也不會太長。因此他的人生可分爲熱戀、大失戀或者什麼都沒有的三大階段，而狸貓是絕少處於同一階段中超過一個月。我必須時時留意著局勢的變化，而每當狸貓一踏入大失戀的階段，我就必須取消和某些不大重要女孩的約會，在記事簿的時間表上撥出時間來應付狸貓。

他會捉著你到酒吧，大談他和他失戀對象的關係，由女孩第一秒在他的瞳孔中出現，到打電話叫你出來爲止之前所有事，原原本本一事不漏地轉述給你聽。他把每一個女孩的眼神或小動作都記得清清楚楚。另外，有些時候，狸貓又會拉你陪他坐十二個小時的電車，在車上一句話也不說。

「有沒有想過要找一個寄託？」在上次狸貓捉了我出去山頂時，我戰戰兢兢提出我的問題。

「嗯？」

「就是說你可以找一樣興趣寄託你的感情，每當你遇上情緒低落或不如意的事情，可以藉此宣洩情緒。」

「可是我應該找一種怎樣的嗜好呢？」

「隨便找呀，反正嗜好是有很多類的。」我說。「譬如說是繪畫、集郵又或者作曲……」

「作曲？」

「嗯哼，很多音樂家都是在失戀時找到靈感的啊。」

狸貓點點頭，於是他就決定了以作曲爲他的嗜好。接下來的日子，狸貓用所有積蓄去買了一部鋼琴，並參加了昂貴的作曲理論課程，全身投入了音樂的世界中，因此我也輕鬆了不少，開始得回一些過去失去了的自由時間。

可是今天凌晨三時，電話突然在午夜之中響起，把我從夢中驚醒起來。

「喂，」是狸貓。「我剛想到了開始的四個小節，那是我爲她而作的曲。嗯，你當然知道是那個她啦……」

我在半夢半醒間聽完了狸貓所作的那四個小節，然後放下電話。女孩正赤裸地熟睡在我的旁邊，我在想，或許我在中學時代就應加入那兩大陣營中的其中一個。

下午之追悼

圍牆上有三隻貓。

第一和第二隻都是全白色的，而第三隻的左後腳那處有一片綜色的斑紋，三隻貓就像兒童在玩火車繩遊戲一樣，在我家後院的圍牆上，一隻接一隻地自右邊鄰居的花園推進。

我躺在地板上，一直看著那三隻貓。或許是角度關係，因此不論下午後院的陽光如何猛烈，頂多也只能有百分之三十可以進入室內，這種亮度大概只夠讀夏樹靜子與赤川次郎之類的小說。但是要讀《尤里西斯》或《追憶似水年華》的話，恐怕就不夠亮了。

但想回來，這三隻貓又是從何處而來的呢？我家沒有養貓——我不是討厭貓，只不過我覺得，一個連自己每天所用過的碗筷都無法清理的人，根本不能養貓，甚至是說：「有一點點想養貓啊。」的資格也沒有。當然，這只是我個人的想法，要是有誰不認同，我也不會阻止或反對他。

這是民主意義的所在。

那麼，既然我家沒有飼養任何的貓，那麼這些貓大概就是從外面進來的。可是就我所知，附近鄰居甚至這條街的住客是沒有一個養貓的。要是其中一家養了貓，而且數量是三隻或三隻以上的話，住在附近的人很快就會知道，可是住在這裡的人，家中有養狗的、養鸚鵡的、或養熱帶魚的，可是就是沒有人去養貓，這事看起來好像有一點奇怪。

當我一齊在想著這三隻貓的由來時，電話就響起來。

「喂。」那是我在工作地方的一位朋友。

「嗯哼。」

「嗯，還以爲不在，啊，你現在在幹什麼，我們一班人都在『蒲吉』那邊，很多人都在呀！你也來聚聚吧。嗯，喂，等一下，我讓女孩們跟你說。」

「喂，是我呀。」接聽的是公司中一個女同事。「爲什麼不來呀，大家都在嘛。我們現在玩得正高興啊。」

我告訴她我確實是有點事，怎樣也不能來，然後隨便寒喧了幾句。

放下電話後，我走到廚房，打開了冰箱。裡面除了除臭劑外，就只有一盆已開始發霉的雪糕和半打的啤酒。這都是上星期阿婷買來的。她就是每次都會買雪糕和啤酒來。而吃剩的就會放進冰箱，讓我在接下來的幾天吃。

我拿了啤酒，然後關上冰箱走回客廳，我坐在地上，喝了一口啤酒，三隻貓兒就像《三傻尋寶記》那樣聚在後院圍牆的末端。一直盯著右邊的松木林。好像正在研究那兒正藏著什麼寶物似的。

那個懶洋洋的清晨，我躺在床上，凝望著阿婷那潔白得像北海道的雪的背，她正在忙於穿上校服，梳頭。她每次都總是要先穿上長長的灰色百褶裙後，才會穿內褲。而永不會讓我看到她穿內褲的情形。

「那樣子好醜啊。」她說

「可是有什麼大不了呢？為什麼唯獨只是穿內褲時不能看呢？」

「我也不知道，」她說，「可是我就是不習慣讓給別人看著我穿內褲啊。就算是結了婚的丈夫也不准看。」

「眞的嗎？」

「是呀，不准看。」她一面說一面點頭。

「要是穿褲子的話怎樣，你不可能先穿了褲子的啊。」

她想了一會，「閉上眼。」

「我會偷看的。」

「咦，不嫁給你。」

站在前面的那一隻貓首先躍起跳進松木林，然後身軀迅速掩沒在林中，接著第二隻貓也跳下去，同樣地消失於那邊。松木林就像黑洞一樣，好像能容納全世界的貓似的。

第二隻，左後脚有綜色斑紋的那一隻貓仍站在圍牆上，絲毫不動地站在那裡。眼神正在懷疑前面是否藏著什麼寶藏似的。

電話再次響起來，可是五、六秒後，我還未趕得及去接就停止了。

我再喝下一口啤酒，那站在圍牆上的貓突然波動起來，用著像《月之聲》結局時那老人一樣的眼神，向那片松木林大喊：

「野人們！你們沒有聽過提琴聲嗎？跳舞應該像絲帶一樣。」然後牠就開始在圍牆上跳起舞步來。

我一面點上了一根菸一面想，沒關係吧，就讓牠來跟我一塊，參與這個下午的追悼會吧。

為費里尼及阿婷。

我喝下了最後一口啤酒。

當米老鼠的好日子

米老鼠根本不知道，作爲一隻米老鼠，他應該做些什麼？

不知道。

除了某些時間可以陪她去買小說，聽唱片和看芭蕾舞外，米老鼠似乎做所有的事情都顯得乏力。

那無力感令我覺得自己正坐在海底的珊瑚礁上，而當巨型的觀光潛水艇緩緩從我身旁駛過時，船上的小孩就會對著身旁的母親大喊。

「媽，你瞧，那珊瑚上坐著一隻米老鼠啊。」就是這樣的無力感。

然而實際的我卻每晚躾在像梵谷的畫《在阿爾的臥室》般這樣的房間。一面抽著半包CAMEL香菸，一面等待她的電話。

「嗯，我想出去走走啊。」她來電說。於是米老鼠又出動了。

至於我爲什麼會當上一隻米老鼠，這連我自己都不大清楚。但我想，只要和她在一起，其他的又有什麼關係呢？因此這個問題，我一直也沒有認眞好好想過。

「喂，你好像一隻米老鼠啊。」

「是嗎？」

反正她老是這樣說，於是我就成爲了一隻米老鼠。

孩提時候我家是在大廈的五樓，對著一條道路。由於是大路，所以平日駛過的車輛很多。那時因爲父母兩人都是出外工作的，經常很晚才回家，而我又是家中的獨子。於是乎，我的童年幾乎全部時間都是一個人在家中度過。

爲了讓自己不感到寂寞，於是八歲的我開始找一些和外界聯絡的方法。

丟雞蛋。

每當有車輛駛過那路，我就會從臥室的窗口下丟下一枚雞蛋。一開始時往往擊不中駛過的車輛。但經過長時間的練習，慢慢我開始準確了很多，甚至準確到可以指定中擋風玻璃的正中或者左邊的倒後鏡。百發百中。

每當擊中了目標，我便會立刻把頭縮回窗門的百葉簾後面，從夾縫中觀看那車，被攻擊的汽車一般會停下來檢查一下車身有否損毀，又或者破口大罵。但我肯定那些人根本不知道雞蛋是從大廈中哪一個窗口下來的。他們看不到我。因爲我在每次行動前必定會把家裡全部的燈關掉。

當我告訴她這事時，她格格地笑。

「那你一星期要消耗多少雞蛋？」

「視經過的車輛而定。」我說。「大約平均每星期五十枚左右。」

「那你何來那麼多的雞蛋？」

「那是我用零用錢到雜貨店買的廉價雞蛋。通常都是已放了好多天，並開始有點發臭的蛋。」

「那就是說，」她調整了一下聲音，「你每星期不吃零食，不看漫畫書，然後用存的零用錢去買一些發臭的雞蛋，去擲經過的車輛。」

「這是和外界接觸的一種方法。」我說。她又笑起來。

「就是因爲這樣，我才覺得你像一隻米老鼠。」

「米老鼠有擲雞蛋的前科嗎？」我問她。

「世界上就只會有米老鼠才會這般傻呀。」她格格笑著說。

那時就是這樣，她要我告訴她關於我過去的有趣事情，而我大多會全部告訴她。我會告訴她我在校內和食蟻獸、狸貓之間的關係，或者是小時怎樣在後樓梯燒垃圾之類的事。因此在那一年的夏天，她差不多完全認識了過去二十四年的我的歷史。可是我對她的過去一無所知。我除了知道他在三個月前離她而去之外，其他一概不知。她常要求我陪她到一個她老同學們的聚會，可是我拒絕了。

也許米老鼠要幹的，就只是陪她和告訴她那些有趣的事而已。

所以，當她在夏季快要完結時，告訴我她決定到遠方找他時。我再次點起了一根CAMEL。

「其實，」她說，「我一直覺得你像沒有戴手套的黑白米老鼠。」

「嗯，什麼？」

她告訴我，在一九二八年的十一月十八日，黑白的米老鼠首次出現在電影卡通《汽船威利》中。那時米老鼠仍有一對純黑的手。直到一九三一年才被套上手套。

「那就是說我不像其他——只像那沒有戴手套的黑白米老鼠？」

「是啊。」她說。「爲什麼呢？這點我不知，但總覺如此。」

「找到他後會再和他一起吧。」

「大概是。」

「那你以後打算如何？」她問我。

「再回去丟雞蛋。」

她再次格格笑起來。

就是這樣，那年她和夏季一起離開了我。

從此再也沒有她的消息，大概她已經和他在一起。

另外，後來我終於看了《汽船威利》，那是一部相當不錯的卡通片。現在，有時候在妻子熟睡後的深夜，我會一個人坐在電話旁邊，一面抽 CAMEL，一面等待她再一次打電話來，好讓我再度出動。

我是一隻一九二八年沒有戴手套的米老鼠。

關於食蟻獸

我永不去想將來的事，因爲當在想它時，它已經來到。

愛因斯坦

我第一次遇到食蟻獸是在八歲那一年。

那時在我家附近其實住了很多食蟻獸家庭。他們大部分家中都有孩子。可是母親從來不許我跟鄰家的食蟻獸孩子玩耍。她是那種極端討厭食蟻獸的傳統家長。不過在那時候，大多數的成年人普遍排斥食蟻獸這類動物。人們的內心好像跟納粹黨差不多，時刻都想把地球上所有的食蟻獸擲進煤氣室中消滅一樣。

「只要一搭上那些傢伙，你就會有意想不到的麻煩。」那時母親總是經常這樣向我訓示。

可是和食蟻獸一起時，到底會遇上怎麼樣的麻煩呢？每當我這樣問時，母親都推說那是意想不到的麻煩。我想可能她曾經有一道傷痕。年輕時曾瘋狂戀上了一隻英俊浪漫的食蟻獸，可是對方一直玩弄她那份純眞的愛，到最後還拋棄了她，跟一個富有但不漂亮（起碼我母親那時會是這樣認爲）的千金小姐結婚，從此母親就開始憎恨世上每一隻食蟻獸。

我想大概是這樣吧。是，就是這樣。

雖然我一直都依照她的話，從不和鄰居食蟻獸或者那些上門推銷除臭劑的食蟻獸推銷員說話。可是我是家中的獨子，從窗外看到附近的食蟻獸小孩都在空地踢足球，我實在很嚮往。於是我有些時候會趁母親外出後，一個人偷偷溜到空地，跟其他食蟻獸一起踢足球。

八歲生日之前的星期六，母親發現了我和「那些傢伙」踢足球，於是她捉了我回家。回到家，她拿了一個鐵鎚到我面前。

「打破它。」她命令我。

她要我用鐵鎚親手打爛那時我最心愛的T62坦克模型。我看著她，再看看鐵鎚。沒有說什麼求情的話，也沒有哭，只是默默拿起鐵鎚，一下一下打在T62上。而坦克就像被巨型砲彈擊中一般粉碎。

對於這件事，我一直記得很清楚。我有一段長時間沒有和食蟻獸接觸。可是，我在後來跟穿西裝的食蟻獸成爲朋友。我想某程度上也是受這事所影響。

他是我大學時宿舍的同房。那時除了上課外，大部分的食蟻獸都會穿百慕達短褲和素色的POLO恤，那是因爲方便他們隨時跳進草叢中找尋螞蟻巢穴。唯獨他愛穿他那白色水洗絲恤衫，黑色西褲和那套墨綠色的燈心絨西裝，那種別人只要看一眼便知是從廉價出口店買的西裝。

「到底有什麼問題？我只不過是喜歡這樣子吧。」他說。

「我想不用理會別人怎樣看，這是個人喜好問題，和北愛爾蘭問題不同。」我說。

「什麼？」

「那就是說穿西裝——或穿什麼都好，都只是自己一個人的問題，跟誰都沒有關係。」

「嗯哼。」他點點頭。「但我知道其他的食蟻獸都認爲我是人類的奉承者。而人類卻又在恥笑我再怎麼模仿，仍只是一隻不折不扣的食蟻獸。而我就是被夾在這夾縫之中。」

「因此，其實我和你在這方面是很相似的。」他對我說。

「哪一方面？」

「就是大家都是生活在夾縫之中呀。」他說。

後來，我和他一起參加了革命黨，在一次革命中，我看到他被一部敵人掉下來的 YAMAWA 鋼琴壓成兩截。

那時我親手埋葬了他，並把他那一件墨綠色的西裝端整地放在墓前。感覺就像我八歲埋葬T62時一樣。

而跟食蟻獸睡覺，是在大學畢業後兩年的事。

那時我跟她是同事，彼此都是在一間規模不大的廣告公司工作。

我們做愛後，我點起了一根YSL香菸，躺在床上看著窗外的天空，殘餘的日光正有氣無力似地散佈在空氣之間。時間好像也因此而過得緩慢起來。

「我從來都未跟人類做過這事。」她躺在床上說。「雖然過去曾經和其他食蟻獸睡覺，和人類卻是第一次。」

「你會和我結婚嗎？」她問我。

「我不知道。」我老實告訴她。這事我實在不敢去想像。

「可否答應我一件事？」

「什麼？」

「就是，和我結不結婚沒關係。只要我們不結婚的理由並不是因爲我是食蟻獸的話，這就可以了。」她說。

「就是這樣？」

「對，就是這樣。」她說，「只要不是因爲我是食蟻獸。」

我再看著窗。我想，將來實在是一件很難想像的東西。

「環保份子」進來浴室。

他的樣貌並不特別，但身裁非常瘦，

穿著一件緊身的綠色纖維長袖衫，

連皮膚也塗上了一種不知名的綠色顏料，

整個人顯出一種綠色的光澤。

環保分子

環保分子闖進我家是在某個星期天的早上。

本來我就是討厭星期天的早上，原因可能是由於週末晚上玩得太興奮的關係，所以在每個星期天的早上，整個身體總是感到被一種虛無感侵蝕，令人不知道在起床後應該幹些什麼，怎樣去渡過星期天的早上。而腦袋就像得了耶路撒冷病毒似的，內裡的記憶符號從螢光幕上紛紛往下跌，直至掉到成爲頂樓生鏽水箱中的一點沉澱。所以，如非必要的話，我也寧可在床上渡過星期天的早上。

但是「環保分子」闖進我家的星期天早上就顯然有點特殊。

雖然只睡了五小時，但仍在九時三十分起來，原因是這個星期天早上是我和她的第一次約會。她今年十七歲，低我兩屆，和我的表妹同班。是一個長髮，會跳芭蕾舞的女孩。而因爲外表不太好不太壞，所以沒有太大的印象。我們是在表妹的生日會中認識的。通過了幾次電話，最後在她的主動提出下，我們就相約在星期天看芭蕾舞。

在原定的計劃裡，我是爭取在星期六晚上原本應有的八小時睡覺外，另外多加三小時「後備睡眠」，務求盡量減低在看芭蕾舞時打瞌睡的機會。可是，「計劃」一詞的定義，就是根本永遠無法做到事情的意思。

離約會時間還有四十五分鐘，我有足夠的時間準備。由於我們同意先到街口的啡咖室喝杯咖啡，於是乎省了我搭車的時間。我之所以喜歡到那裡喝咖啡，是因爲那裡的咖啡實在太美味，總是覺得那裡的哥倫比亞咖啡實在比起任一間咖啡店，甚至哥倫比亞本土所種的還要香。

我放了一張張國榮的《SALUTE》CD，然後走進浴室沖澡。當播放著《但願人長久》時，「環保分子」就進來了我家。

但願人沒變
願似星長久
每夜如星閃照

我不知道他是怎樣進來的，大門在我記憶裡是上了鎖的，陽台的門也是鎖的。屋裡所有的窗都裝上了窗架，根本就沒有可讓「環保分子」鑽進來的地方。可是「環保分子」還是進了來。

「環保分子」進來浴室。他的樣貌並不特別，但身裁非常瘦，穿著一件緊身的綠色纖維長袖衫，連皮膚也塗上了一種不知名的綠色顏料，整個人顯出一種綠色的光澤。在浴室昏黃的燈光和水氣下，「環保分子」驟看似是《第三類接觸》裡外星生物的堂兄弟。我想我大概是用了連吃五個起司漢堡的勁，才能認定「環保分子」是一個人——地球人。

他用一種工廠生產線上的品質檢查員態度，在我的浴室裡巡視了一回。然後伸手進浴缸，似乎是要肯定一下水溫。而我就坐在浴缸裡，看著他的一舉一動。從他的表情看來，「環保分子」好像完全沒有想過我會向他大吼：喂！你爲什麼進來我的浴室呀!?當「環保分子」拿起他的手時，浴缸的水或多或少都被染成綠色。

「用浴缸比起用淋浴要多出一倍的水啊。」「環保分子」喃喃地說。

「嗯……」

「才十月初就用熱水洗澡是在浪費能源。」

「可是……天氣已經轉涼了嘛。」我嘗試替自己辯護。

於是「環保分子」沉吟了片刻，而後走出浴室。我立即從浴缸中起來，抹乾身體，穿上牛仔褲趕出去。「環保分子」正打開我的櫥櫃，在找尋什麼似的。

我坐在沙發上看他，「環保分子」突然雀躍地呼叫起來，他找到了一支 FUMAKILLA A2 牌的殺蟲劑，然後轉過頭來：「全球每年平均有四萬人是因爲使用殺蟲劑而死亡，另外有二百萬人間接受害。」

「可是不使用就會弄得滿屋都是害蟲啊。」

「環保分子」沒有回應。繼續在屋裡巡視。

「這個是你的嗎？」他指著書桌上那個吃了大半的速食杯麵和木筷子。

「當然！這兒是我家嘛。」那些是我週末的晚餐。

「嗯……」「環保分子」調整了一下聲音：「使用用完即棄的木筷是浪費木材。而熱帶及亞熱帶的雨林，也因爲這個原因，正以每秒損失一個足球場的速度急劇減少。」

「而雨林的減少，就造成吸收二氧化碳的能力減弱，於是就出現溫室效應。地球的溫度上升，使得冰河、冰川融解，最後因水位高漲而淹沒了低地。」

嗯……

「另一方面，」「環保分子」繼續說：「氣候的改變也會導致未能適應的動、植物死亡，陸地會出現沙漠化的現象，部分地區更會因爲糧食短缺而出現飢荒問題。」

「但這不是我所能控制的問題。」

「嗯，可是你總不能推卸責任啊。」他說：「還有你的速食杯麵的杯子是不能分解的物質。而且燃燒時也會產生致癌物質。」

「不過啊……」「環保分子」再調整了一下聲線，「論到致癌的機會率，就遠未及你吸菸的高。」

「這個的話。」我放下了手上剛點起的 MILD SEVEN 香菸。「難道要作 AMISH 教的教徒，整天躲在公社裡唱詩祈禱嗎？」我諷刺他。

「但這個不是破壞環境的藉口。」「環保分子」也不甘示弱地反駁。

但願為天邊一雙飛鳥，花間往返
花也在含笑，枕春意之中
寒雨暴至，秋風竟吹散春夢
霧雨輕煙添我迷濛

就這樣，你一言，我一語。我和「環保分子」的辯論一直僵持不下。張國榮已經唱到〈這是愛〉，我只剩下十分鐘。於是我決定不再理會「環保分子」，任由他繼續在屋子各處巡視，而自己拿起了吹風機吹乾頭髮。對我而言，和女孩子到咖啡屋喝哥倫比亞咖啡，無疑比和「環保分子」辯論更有意思。

吹風機發出嗚嗚的聲音。於是我自吹乾頭髮，「環保分子」自巡視。

「嗯，你看呀。原稿紙每張只寫一面多浪費。嗯，這些只寫了兩行便丟棄!?還有這些影印紙，要知道全球每日正消耗五十億張影印紙。這些Fax呀、信封呀等等，全都是浪費啊。」

嗚、嗚、嗚。

「那麼多的購物袋、塑膠袋同樣是不能分解的物質。單是香港每日就要埋藏五百萬個棄置膠袋。」

嗚、嗚、嗚。

「看，這些夾板、地毯和牆壁的隔熱物料，全都會散發出有毒的甲酸氣體，破壞環境。」

「用了這個也不是我的意思啊。」我實在忍不住反駁。

「還有這個。」「環保分子」指著我手上拿著的 KMS 牌噴髮膠。「內含有一種氟氯碳化物，會破壞地球表面的臭氧層，使臭氧層不能吸收對人有害的紫外線。」

我實在忍無可忍，於是我放下了吹風機和噴髮膠，走向衣櫃處。

「臭氧層的破壞同時也有助害蟲滋生，破壞農作物，引起植物生長的障礙。」

我終於找到那支沙坑專用的S桿，是我一位喜歡打高爾夫球的朋友在移民時給我的。

「另外，人們也會因為吸入過量的紫外線而患皮膚癌和白內障，更嚴重的……喂，喂，你幹什麼？哎呀！哎呀！……住手，不要打啊……哎呀，哎呀，停啊，哎呀……」

星期六晚上都市的我並不是人

星期六晚上的都市，形式上與星期日晚上、星期五晚上，甚至星期二晚上的都市相同。同樣的，都市與都市之間本身的形式也是一樣。台北、威尼斯、東京、紐約，都是一樣的相同。

星期六晚上的都市。

但當然，形式並不能完全代表內容，同樣的形式也會因爲受到衆多外來因素的影響，產生了各種反應。結果就出現了不同的內容。而這種事情也實在很多。例如一、原稿紙和文章；二、午餐和價錢；三、睡覺和懷孕。

眞愛多得很呢。

・・・

星期六的晚上差不多十二時半才回家。我工作的地方時常需要我值夜班，十一時四十五分下班。下班後大夥兒通常會相約去看午夜場或到酒吧聊天。所以平常的星期六晚上往往會弄到三、四時才回家，不過反正隔天不用上班，又是自己一個人居住，多晚回家都無所謂吧。

可是不知怎樣，這個晚上就總是提不起勁。還未到九時，心裡已經想著下班就要立即回家，弄得連工作的心情都沒有。我自己也不清楚爲什麼會這樣。

可是說回來，這種提不起勁並不是由疲倦或者工作引起，而要躺下睡覺的那種。只不過是突然就總是什麼東西都不想幹，什麼地方都不想去，只是想回家的那一種不起勁。

就是這樣。只想回家，但又不想睡覺。

不好意思地推却了同事們的邀請後就回家去，感到不好意思是因爲自己本身就最怕人家掃興。而且因爲不起勁而想回家，也確實不會是一個很充分的理由。

星期六晚上的都市，回到家裡時已經是十二時二十五分。信箱裡面有四封信件，依據先後次序爲：

一、電話公司的月結帳單，還附有自動轉帳的表格。

二、澳洲朋友寄來的明信片，背面印有無尾熊和歌劇院。

三、某銀行介紹其多用途戶口的宣傳小冊。

四、《讀者文摘》緊急函件，說明閣下（我想大概是指我吧）已經被自動選中了去參加他們的抽獎，而且更順利過了兩關。只要我訂購最新版的《漢英百科辭典》就有資格參加最後一輪大抽獎，贏取一部車。信內還附有一把紙製的車匙。

我把這些收來的信件放在玻璃茶几上，看了許久，似乎分析出一些結論。總括來說，一至四都是信件，但同樣沒有什麼特別的意義。四勉強算得上是個好消息，可惜我到目前還未考到車牌。一和三之間有某程度上的關連。可以肯定二、四互相並不認識。但問題在於當一、三、四團結起來的時候，二本身是否還有足夠的能力去抗衡。這將會是一個有趣的問題，亦同時是我們眞正需要探討的。

雪梨的天氣開始不穩定。早上的太陽讓街道上的人看起來像一條烤網上的香腸。可是到了下午又會突然下著單調、沉悶，但毛毛密密的細雨來。學校會因爲校園裡椰子樹的椰子熟了爲理由暫停上課。由家中步行往最近的超級市場，幾乎可以算得上是一項壯舉。

星期六晚上的都市，電視播放著深夜的流行音樂節目，我將電視機的聲音關掉，因爲我並不喜歡在深夜收聽流行音樂。但說穿了，我其實並不喜歡這類音樂節目。可是自從廳中的燈泡燒了以後，家中變得寂寞得很，而只靠廚房和洗手間的燈管又實在是不足夠。我也一直不記得去買燈泡替換。於是日子一久，就養成了一種一入家門就開電視的習慣。

但原來深夜流行音樂節目關了聲音又有關了聲音的欣賞方法。一大堆毫無關連的影像不斷交替在螢幕中出現。似乎還找不到一首值得重開聲音的歌曲。節目還得要無聲無息地播放下去。

就是這樣，讓深夜的流行音樂節目一直開往一九二〇年吧。回到穆瑙、弗烈茲・朗的年代。

・・・

相較之下，星期六晚上的都市，饑餓感就比無聲的音樂節目來得真實一點。

饑餓感突然像病毒般入侵了身體，程度之快，實在遠遠超越我的想像。嗯，就這樣還來不及防避，就已經被入侵並蔓延至身體每一個角落。

從來最害怕的就是回到家時感到饑餓，一來是我習慣了一回到家就怎樣也不再想出外，二來是我也懶得在家中煮食。因此平日在家感到饑餓時，自己只有躺下床睡覺來逃避。

可是這個晚上就有些特殊，饑餓感似乎來得特別嚴重，大約就像身體突然重了十多磅，令人特別可感受到自己的體重似的。我坐在沙發上，眼睛一直發呆地望著電視機。而自己怎樣也不想去睡覺。

電視正播放著 KENNY G 的 SONGBIRD。

這首無疑是 KENNY G 在八十年代的代表作。同時也成爲了日後穩定其唱片銷路的重要歌曲之一。後來他推出的唱片絕大部分都收錄此曲，並有多個不同的演奏版本。樂迷一看見這曲，就會毫不猶豫買下他的唱片。

似乎要找點東西吃。

從廚房的櫃中找出了那個塑膠飯鍋。已經有差不多一個月沒有在家裡煮飯。飯鍋的表面舖著一層微薄的塵埃，像變壞了的雪糕表面上的霉菌一樣。

好不容易才從米缸中湊夠了大半杯米。應該還有一罐清雞湯吧。於是就找出來加進鍋中，作爲煮飯用的米水吧。

把飯鍋的蓋子鎖好，然後放進微波爐當中，按下火力選擇的 Hi 按扭，七分鐘。爐就自動嗚嗚地開動，饑餓感教我已再不願看電視，只是瞪大眼看著微波爐。電子飯鍋在爐中徐徐轉動。不知怎樣，突然想感受一下在Hi火力下被煮七分鐘的感覺。但爲何會有這種想法，就連我也不清楚。

記得上星期表姐送來了一些臘腸，就放在冰箱頂的玻璃櫃中，於是就拿了兩條出來，放在碟上，等待會再放進飯鍋中蒸熟。

・・・

叮嚀，叮嚀，叮嚀

星期六晚上的都市，連電話聲也似乎特別響亮。

於是我放下臘腸去聽電話。

「喂。」

「喂。」

「……回來啦？」是她。

我們在差不多四個月前的一次派對中認識的。的確，她並不是和任何男人都可以上床的那一類女孩，在其後的日子我也證實了這點。另外，我也得承認自己曾對她作出過追求。

但我總是不明白自己爲何會追求她。其實她絕不是我心目中一直想要的對象，說得不好聽，可以說是完全相反。她樣子也不特別漂亮，甚至說是中等也有些勉強。

我們之間又沒有什麼共同嗜好。每次約會時話題都集中於衣著和藝人身上。由於我對這些不大熱衷，於是每次就得聽她說名牌子手袋價錢的比較及一些娛樂圈軼事。

「嗯，是啊。」我說。

「在做些什麼？」

「我剛剛才回來。」

於是她又沉默。

我始終不明白那時為何會去追求這種女孩子，一切就像被下了咒語。自己每星期陪她去逛街、買衣服，吃東西，聽她說那些無聊的話題。一切就像不能自主，我也不大清楚為何會這樣，但當時就確實做著這種事情。

直到那個晚上，正確來說應該是一九九二年十二月的某一個晚上，那晚我剛和她上床。我坐在回家途中的巴士裡，因為已經很晚，車廂中就只有我一個。窗外下著微微的霧雨，連街燈也被雨點化作了一團淡黃色的霧氣，在天空中漫無目的浮游著，然後急速向後倒退，我坐在無人的車廂中，心中就總是想著：

我爲什麼要去追求她?爲什麼要和她睡覺?

我嘗試去找一、兩個理由來支持自己所幹的事。但總是怎樣努力也找不到。一切像是完全沒有理由做的。

當事情一旦失去了支持時,整個人好像置身於眞空的宇宙中,不論幹什麼事,甚至微細到稍動一下手指,也會變得相當突兀和不協調。

「你幹麼,這麼久不找我?」電話筒中又響起她的聲音。

從她的聲音聽來,顯然這句話並不是偶然說出來,而是經過了詳細的考慮,也綵排了很多次的,可是到了眞的在舞台上演出時仍然顯出不自然。

或許,這本身就不是一句很好的對白啊。

「你幹麼這麼久不找我?」她又重複了一次,語氣比上一次來得自然一點。

「最近正忙著啊。」

「忙些什麼?」

「工作,家裡的事,總之很多。」

「可眞忙啊。」她說。不過就連傻瓜也知道這話的意思。

彼此又沉默了一陣。

「你是否覺得你這樣做很不負責任？」她深深吸了一口氣說。

「嗯……」

「你到底想怎樣了？」

「我想掛電話。」我心裡想。

當然我並沒有說出口。但這樣並不表示我感到內疚，本來想找一些性格不合呀，我們本來就是兩類人呀之類的藉口去敷衍她，可是一時間腦內怎樣也找不到。關於這類藉口，我本來就有很多的。但問題在於星期六晚上的都市，我連敷衍她的心情也沒有。

於是只得沉默下去。

她過了二十七秒之後，又說：「我只想問你一句，到底你在這段日子裡，有沒有認眞過？」我之所以知道準確時間，是因爲我在這段期間一直望著茶几上的米老鼠桌鐘。

似乎又應該說些東西才行。

但我始終默不作聲。因爲應該說和該說什麼，這個和那個完全是兩回事。

「我需要些時間……」連我自己也不清楚想要說些什麼，只不過覺得要是沉默得太久，就必須要說些東西。

「你別來這一套！」

「你這種人根本就從來沒有打算要認眞的。是不是？」她怒罵著。

沉默。

嘟、嘟、嘟、嘟。

微波爐響起了指示，罐頭式海南雞飯第一階段已經完成。

我側著頭，把電話筒夾在頭和肩之間，然後拿了飯鍋出來，把臘腸放在飯的上面，已經可以嗅到海南雞飯的芳香，正像感冒菌一樣，滲進了我的細胞，而以次方的程度在膨脹。

重新把飯鍋放進微波爐裡，火力則改爲LOW，三分鐘。

微波爐又再次呼呼呼動起來。

「其實我早料到如此。」她說。她所用的語氣就像是當高級行政人員的女強人所用的那種。

「你根本就沒有打算要認眞，我早就知道和你這種人根本是不會長久的。問題是在什麼時候罷了。

「我早就預料到有這種結果，也早打算向你提出分手的。」她停了一會又說。「所以，這次是我『甩』你。」

「嗯。」

沒有什麼話可以說，反正說什麼都沒有關係。問題是關於這類事情，要是某一方陷入了極端自我陶醉的境界時，事情就會變得比陸沉還要可怕。

可是，也得要原諒她的幼稚幻想，畢竟她是個女人。

「如果你是人的話，這事你應該會後悔一世。」說完後她就掛了。

星期六晚上的都市，現在是十二時四十二分。

我嘆了一口氣，然後也放下電話。

・・・

終於關上了電視機。其實我不太喜歡弗列茲・朗的，太過時了嘛。

不過說也奇怪，怎麼我會連一點後悔感也沒有呢？

不過我總是認爲，如果她把剛才最後一句的「會」字改爲「要」，那麼整句話聽起來會顯得通順，而且自然一點。

或許，說不定我也會因此而感到後悔。

微波爐又響起來，第二階段也完成了。

把熱騰騰的飯拿出來。冰箱裡好像有兩枚雞蛋，就加進去吧。油壺中好像還剩下一些豉油，也一起加下去吧。

要是找不到牙籤的話，吃完後還可以用那紙板車匙來剔牙呢。

「如果你是人的話，這事你應該會後悔一世。」

「如果你是人的話，這事你應該要後悔一世。」

就是這樣，星期六晚上的都市，這個將會是一頓不錯的晚餐。

我肯定。

計程車

先要確認一下這兒。

這兒不免叫人感到置身於希區考克的電影裡面，就像在《觸目驚心》中女主角（抱歉，名字怎樣也想不起來）出走時所駕的汽車內，車本身沒有動，外面的風影是配上去的。大概是由於這兒的路面不平，使得車身的震盪很大，看起來就像震動是爲了加強眞實感而刻意做出來的。可是效果卻相反，越是搖動，就越讓觀衆感到是在廠內拍攝的。

似乎想了太多關於《觸目驚心》，也是沒有什麼用處。於是我從口袋中拿出了一根 YSL 香菸，確定了自己正處身的空間。

我身處台北市一輛正駛往圓山的計程車中。

「先生，車裡是不准抽菸的。」司機對著照後鏡說。

「對不起。」我用生硬的國語回答，並弄熄了香菸。

我轉望向車窗，窗外是全世界運輸系統最混亂、最危險的城市。我看著在車輛之間高速穿插的摩托車。我開始想起昨天收到女朋友從加拿大寄來的信：

我一直以爲自己很了解你，到底是不是呢？當今晚收到了你的電話後。我想，似乎並不如此。

我根本不了解你，甚至一點兒也談不上。接著我的腦中迴轉著許多的東西，有回憶有現在也有將來的，有些關於你，有些不是。零零碎碎。

「他媽的。」司機急刹了車，指著前面的電單車大罵。「早晚撞死你，幹你娘的這樣駕車。」

在一輪臭罵後，計程車又繼續前進。

「從哪兒來的？」過了一會司機問我。

我告訴他是由香港來的。

「我也去過香港呀。」他說。「七十八年。是七十八年時我到過香港。去過中環，海洋公園，什麼魚門……」

那已經是十多年前的香港，現在跟過去的變化很大。

「嗯？不是呀，我是說民國七十八年啊。」司機說。

「一九八九？」

「對。」

這事重重地打擊了我。眞的。我不知應如何說。我想，你根本沒有設身處地替我著想，你在這兒是做錯了。你可能不明白，但我清清楚楚地告訴你，你眞的是傷害了我，而且是最深的一次。有些事情是可以預計結果，有些則不；更有些是預計了，但結果會完全相反。

「我還看到了遊行。」他說。

「什麼？」

「在香港時，我看到了遊行。」司機說。「你有參加遊行嗎？」

「我沒有去參加遊行，因爲我討厭喊那些口號。」

「那就是說你討厭喊口號才不參加遊行。噢。我和你一樣，我也很厭惡那些老是待在道路中心喊口號的傢伙。討厭極了。你遇過他們攔下你的車子嗎？」

「沒有，因爲我不會開車。」

「我在這兒倒碰上過幾次。」司機一面打手勢一面說。「有時眞的有一下子踩油門撞過去的衝動。」

「嗯哼，我明白。」我說。

我不會問你爲何這樣，也不想聽你的解釋。每次解釋，然後做。解釋，然後做。我很憎恨這形式。但每次我都能忍下。可是，這次你到底有沒有爲我想想？她是我最要好的朋友，我們由小學就開始一起。我把她當成親生妹妹一樣對待。

「嗯——不過話說回來，先生，你不是共產黨黨員吧？」

「不是，當然不是。」

「還是先問淸楚好。」那司機說。「上一次我對一個遊客談起南京大屠殺時，他竟然大動肝火，原來他老爸是日本人，戰時還參加過軍隊。」

我問他是不是很不滿共產黨。

「當然嘛，我們一家都痛恨那些共匪。不然的話我老爸也不會來台灣。」

「那時我還未出生。」

「那你就不明白他們的恐怖。」司機說。「他們正是搞口號的高手。」

「什麼革命無罪、造反有理，坦白從寬，抗拒從嚴，四個堅持……」他說。「全都是廢話，空喊，垃圾的口號。一個也不能相信。」

我什麼也沒說。

你不要跟我說是她勾引你。大概銀河系中的女人都想勾引你吧。此刻你知不知道我多麼難受？我寧願你從來都沒有把事實告訴我。那我會好過一點，現在，我想事情實在糟透了。這事就像一個詛咒永遠留在我的心底，跟《麵包屋再襲擊》一樣。請不要再打電話或寫信給我，因爲我再受不了任何打擊。

「你相信嗎？」

「什麼？」

「坦白從寬，抗拒從嚴。」司機問我。「你會相信這些口號嗎？」

「不知道。」

「最好不要相信。」汽車一面轉彎他一面喃喃地說。

進攻女生宿舍

原則上，我和進攻女生宿舍的事無關。

如果我們以正在打算幹正確的事、和正幹著不正確的事這兩個觀念去劃分世界上的人，在某種程度上來說是準確的。但無疑是有點單純和兩極化，因為他們之間似乎有另一類人存在。

這類人的生命中是沒有正確和不正確之分的。他們的存在，對社會結構並沒有太大的不良影響，雖然談不上有什麼貢獻，但總不會破壞環境，這點至少使得他們比氯氧碳化物較為可取。

而我，大概就是這類人之一。

總之，自從和同班女友分手後，我就開始對所有事情都搞不清楚。當歷史課老師正講述國民黨北伐時，我腦中就想著她的嘴唇。一個人躲在牀上，我就會想起尾班開出的地鐵。

就是這樣，那時的我，生命的每一天正像雞尾酒般混成一體。我曾經想過要幹番大事，例如看完所有穆瑙以後的電影，集齊全部赤川次郎的小說之類，當然當中並沒有包括進攻女生宿舍。

其實有關男生的不滿，大致在春天時已經開始，那年的春天和過去的很不同，世界好像將要隨著學期結束而消失似的。

「這兒簡直是地獄啊。」男生都如此說。

要求風扇、電視、雜誌櫃的字句寫滿了浴室和洗手間的牆壁。這些在女生宿舍中全部齊備，男生們不滿校方偏袒女生，甚至有字句暗示老師們跟女性有著某種曖昧關係。對於這些，我沒有什麼興趣。我只想和我的女友復合。

「支持我們的行動吧。」同房的食蟻獸希望我在請願信上簽名。

「我其實並不想搞太多的東西，只想早點畢業，早點離開這鬼地方。」

「可是，」食蟻獸把聲音變得嚴肅起來。「這是我們的共同利益，爲了在校方面前形成一個壯大的既有現象，我們必須得到所有同學的支持，即使是精神上的也不可忽視。」

於是我在信上簽上一個很草的簽名。

而在早上集合廣場的靜坐，是在向校方遞了第三封請願信後的兩星期發生的。校方一直沒有回覆，男生無法再等下去，於是就決定到教務處前靜坐抗議。

男生們一直都表現得非常自制，但直至發覺校方不派出代表，而改派了學生會代表來和他們商討時，就激發了男生的憤怒情緒，然後憤怒就像山林大火般蔓延起來。

是她，她當上她們期望已久的學生會主席。

自從我們分手後，我總是常常曠課，加上我們有好些選修的科目不同，因此我們已很少見面，她的眼神仍然和以前一樣，總是滿有自信似的，即使現在面對這些群情洶湧的男生也是一樣，全無一點懼色，至少表面上沒有。

可是從她的身上可以感到，她已經用一層冰把自己包圍起來，使她冷得像從北極漂進大西洋的巨型冰山，我們的距離被扯得很遠。

爲什麼？爲什麼她總不肯再給我一次機會？

部分的男生開始衝擊教務處的大門，有人還用木棒打破了教務處旁的一個窗口，玻璃碎片像雪花般灑下。她和其他學生幹事（學生會幾乎全是女生）正被憤怒的男生團團圍起來。每個人都變成了一條侏羅紀的速龍，形勢顯然已不受控制。

我跑上了升旗的高台，喝止了男生的行爲，並要求大家盡力克制，免得事情再惡化下去。於是混亂才暫時停止，男生回到宿舍裡。我一直看著她，但她沒有看我一眼。

吃過晚飯之後，男生宿舍中已傳出了進攻女生宿舍的吶喊。雖然不知是誰第一個提出，但這想法就像傳染病病毒般，纏擾著每個男生的心底。

「進攻女生宿舍啊。」

晚上八時十二分，所謂「男生自由革命聯盟」，已經在宿舍的走廊中成立起來，產生了主要的幹部。沒有任何一個正式發起人，但是大家就像河水的支流一樣，不管經過多少波折，最後還是會流進同一個海洋。沒有風扇、電視就讓他沒有吧。什麼壯大的既有現象我全也不關心。我只希望她能看我一眼，對我說「嗯，我們重新來一次好嗎？」剛才在教務處的事，我是因爲看見她有危險，所以才會有這般激動的反應去制止群衆。但，爲什麼她連看也不看我一眼？

爲什麼？

同房的食蟻獸當上了「男生自由革命聯盟」的政戰主任，牠走到我的書桌前，要求我作他們的指揮官。

「大家都準備好了，而且搜集了不少武器。」

「那怎樣？」

「我們需要你。」

「爲什麼？」

「因爲大家都會聽你的話呀。」牠說。「剛才在廣場不就已經看到了嗎？」

「嗯。」

「而且……」食蟻獸又調整了一下聲音。「宿舍中只有你一個人有 Los Indios《Always In My Heart》的唱片。我們需要這音樂來激勵士氣。」

「我只是一個普通的二十歲青年，有十四張唱片，一頭黑髮，三條西褲和四吋長的陰莖。我不想當上什麼指揮，我只希望事情早些結束，讓我離開這地方。這，你懂得我的意思嗎？」

食蟻獸用不可思議似的目光看著我，一直看了很久，好像想說些什麼似的。我點起了一根 MILD SEVEN 香菸。

「進攻時間是午夜的十二時。」過了一會食蟻獸說，說完後就離開了房間。

當牠走後，我一個人坐在書桌前。打開了抽櫃，拿出《Always In My Heart》的唱片。封套上已經鋪了一層薄薄的塵埃。那是我和她最愛的唱片，過去在每個星期六的下午，我們總是一面聽這唱片一面做愛。我看著唱片，而它就像黑洞般吸住了我的視線。

爲什麼？爲什麼她再不肯看我一眼？難道她不知道我有很多話要對她說嗎？我們可以重新開始，星期六再一起聽唱片，晚上擁著看北極星。

我仍是深愛著她。

我跑出了宿舍，在黑暗中拚命跑，我要跑到女生宿舍，告訴她我仍愛她和進攻的事，不管怎樣，我必須要跑去告訴她。

我一直跑，跑到女生宿舍，翻過了外面的圍欄，是她。我看到她站在女生宿舍的外面，而頭却靠在那訓導主任的胸膛，主任爲她披上一件外套，並且替她擦去臉上的淚痕。我看著他們，甚至不相信自己的眼是眞實的眼，可是事實確是如此。

爲什麼？她爲什麼哭？爲什麼這樣？

天空下著毛毛的夜雨，空氣中充塞著下雨天晚上的那種沉寂氣味，這實在是一種很適合進攻的氣味。彷彿這氣味本來就是爲了配合進攻女生宿舍而存在似的。男生們手持武器聚集於廣場，有著一口氣吞下三個哈密瓜般的士氣，我站在他們前面。食蟻獸走過來把白頭巾遞給我，我把頭巾綁在頭上，男生的情緒已到達沸點。

「進攻女生宿舍」的喊聲劃破了長空，形成了一股無形的波浪，在六月晚上猛力向前撲，戰事正式爆發。

不，其實在我們分手的時候，戰爭就已經開始。

雖然已獲得了情報，但女生宿舍的防禦工事，明顯比我們想像的還要堅固得多。特別是西翼那邊，還置有兩台六十型的迫擊炮，這不但壓制了我們原定全面包圍的戰略，也令戰事變得慘烈。

但攻擊是刻不容緩的，沒有側面攻勢配合，宿舍大門的攻勢是很難有進展的。

於是我加派了十一、十二團兩團兵力加強對西翼的進攻，一面指揮正門的作戰。

我們從教務處偷了廣播用的巨型音響，在《Always In My Heart》的激勵下，男生也顯得格外奮勇。

鎗聲、雨水和血混成一體，我們是六月凌晨猛烈的暴風。

0:57，西翼的窗子首先被打破。

1:22，第七團攻入了女生宿舍的正門，部隊就像決堤的洪水，一舉衝進宿舍中。女生被逼退守二、三樓頑抗。

同房食蟻獸走到二樓樓梯前作陣前喊話，要求女生放棄無謂的抵抗。但一部黑色YAMAHA三角鋼琴突然從二樓樓梯滑下來，將食蟻獸壓成兩節。

食蟻獸之死激怒了部隊中的兄弟，於是大家繼續猛烈攻擊，進行一個室一個室的爭奪戰。

2:07，少數佔據個別房間頑強死守的女生，終於被全數殲滅。我們正式控制了整幢女生宿舍。

我們把被俘的女生集中在宿舍大堂，兵工隊忙著拆去各房間的風扇、牀褥、電視機和各類物質，原由同房食蟻獸領導的攻戰隊兄弟們，激憤地要求脫光所有女生俘虜的衣服，但我加以制止。

我在那群女生中看到她，雖然是戰敗，但她的眼神仍是充滿自信的光芒，就像隨時準備了被男生輪姦似的。

我吩咐兄弟們把她帶到宿舍的天台，然後親手替她鬆綁。她不發一言地低著頭，並沒有看我一眼。我點起了一根香菸遞給她，她接過後抽了一口。

「爲什麼？」我問她。

今晚的北極星出奇明亮，如果將它跟獵戶星座連起來的話，那簡直像一條夜空中的銀河，一直流向天的另一端。

從地平線那面，已經看到訓導處的部隊在集結、但現在，這兒只有我、她和特別明亮的北極星。

「爲什麼？」

我極力嘗試控制自己，叫自己不要想。
可是我愈是想擺脫這衝動，
這股力量就愈是把我纏著，
而那聲音充塞於我每一條神經當中，
我可以感到我的手好像已經脫離了我意志所能控制的範圍。

母親駕駛的汽車

就我所知而言——只不過是我個人對身旁朋友觀察所得出的結果，當中難免包含了某些偏差，所以也不能算作一個普遍的社會現象——「他媽的」這詞，似乎已經成爲一個日常生活中相當普遍的詞語。當然英文的「Fuck」也有其支持者，但數目遠低於「他媽的」。

不管怎樣，讚美也好，罵人也好。語言確實是人類史上最重要的發明之一。

但有些時候又會想，到底語言和人類的生死有什麼關係呢？

到現在我也不知道爲何自己會常想出這些奇怪的問題。但我自小就是如此，總認爲所有的事情都有一些可見或者是不可見的關係。例如事件甲乙丙，可能乍看來，甲乙丙都只不過是偶爾發生的獨立事件。但只要我們用推理式的眼光探索，就可能會發現，事件甲是因爲事件乙而起，而事件甲又造成了事件丙，另外，事件丙又在一定程度上影響著事件乙。

就是這樣，事情往往會有類似的關聯。

遺言、詛咒這類的話，大概會和生死有點關連吧。

我曾經看過一本專門介紹遺言的書籍——我也不明白那時爲何會看一本這樣的書。而當中就記載了川端康成的遺言，他是在自殺後對開車送他往醫院急救的司機說：

「路這麼擠，辛苦你了。」

我始終搞不清楚他這句話到底是出於眞心感激還是在開玩笑。而我也想過要留一句充滿哲理或者幽默感的遺言。就算未必能刊於遺言大全之類的書籍上，但總希望死後女孩子們會因此而記得我。

可惜到目前爲止還沒有想到。

這是一個有關說話和生死的故事。

但其實也不應說是一個故事，原因是人們一看見故事一詞，心中總會認爲當中或多或少夾雜了一些虛構成分。但這個是我的百分之一百眞實經歷。

記得小時候奶奶和我們同住，那時我大約八歲左右。一家人就住在一個六、七百平方呎（約十六、七坪）的單位，那時家中只有兩個房間，由於租金很貴，於是父母就將較大的一間房間租給一對年輕夫婦。父母和我就同睡在另一間較小的房間。而奶奶所睡的就是另一間由木板隔出來的小房間。但與其說它是個房間，倒不如說像個儲物室。由於房間是在客廳中隔出來的。因此房間並沒有窗戶，只有一個向著走廊的小氣窗。關上房門後，就只能靠這氣窗透氣。奶奶又不喜歡開燈，因此在記憶中，奶奶的房間不論是白天還是晚上，經常都是幽幽暗暗的。

那個時候我雖然也不大淸楚大人們的事，但已經知道奶奶和母親之間不和。大概婆媳是怎樣也會不和吧。她們經常吵架，而且所吵的事實在是五花八門，由應給我多少零用錢到家中電視選台都有，有時甚至連想都想不到的。只要一言不合就會吵起來。

話說回來，吵架這回事確實又很難知道誰是誰非。因爲在吵架時，雙方通常都會盡量把對方過往所做錯的事拿出來說，作爲支持自己這次吵架的根據。另一方就因爲不滿對方老是重提舊事而作出更強烈的反擊。大家都在惡意抨擊對方，於是事情就變成不是針對事，而是針對人。

我不打算去探究事情中那一個對，那個不對。但不管怎樣，大人吵架的事，往往讓孩子成爲犧牲品。那個時候的我當然也不例外，經常被逼表態以表示你站在誰那一邊。我那時會在母親面前說奶奶不對啦，在奶奶面前就說我支持奶奶啊。而當她們在吵架時，我就會保持沉默，嚴守中立。類似這樣的方法，記得是某國家在外交上慣用的手法，但就想不起是那個國家。

不過我始終認爲，那個時候這確實不失爲一個好方法。最起碼不會讓事情惡化，而我也不會受到牽連。

感覺上好像說漏了些什麼，但大致那時是這樣。

「如果你快要死了，那麼妳會對我說些什麼？」

「嗯？」她用手托著腮，很認眞似的思考著。

「想不到。」她搖搖頭。

「總會有點話想說吧？畢竟是將要死啊。」

「眞的想不到。」

「譬如說，」我喝了一口冰咖啡說。「妳很喜歡我呀，不捨得離開我之類。」

「咦！」她笑起來。「你不臉紅呀？」

我們認識了已經差不多大半年。那時我二十歲，她十八歲。大家還在讀中學。後來中學畢業後她因爲成績不理想，而且自己又沒有多大的興趣，於是就決定出來工作。我就繼續升讀預科。她找到了一份在皮具店當售貨員的工作，店就在我學校附近。於是我每天放學後都會到這間咖啡屋，一面看三島由紀夫的小說，一面等她下班。

當我把過往奶奶和母親吵架的事告訴她時，她就又雙手托腮，陷入沉思當中，她時常喜歡用這種認眞的樣子去思考事情。

「從來都是這樣嗎？」

「是啊，就是這樣。大家一直無休止地吵架，直到發生了鹹蛋事件。」我說。

「那是怎麼一回事？」

由於大人們不會把家中發生的不愉快事告訴八歲的小孩。於是我只得靠偷聽他們的對話來了解事態的發展。因此有關鹹蛋事件大約有七成是靠這樣打聽回來的，而餘下的三成就是靠我的想像來補充。但事情的經過大約差不多吧。

總括來說，鹹蛋事件就是：一、有一天，母親回家，發覺冰箱內兩枚原定準備來做晚飯用的鹹蛋不見了。二、追問之下，原來是奶奶在煮午飯時吃了。三、奶奶因爲不滿吃了兩枚鹹蛋也被過問，於是就吵起來。四、一開始時大家吵架，後則演變爲打架。

「雖然我當時並不在場，不過大致就是這樣。」我說著點起了一根香菸。

「噢。那結果怎樣？」

「不管是誰先動手，通常發生了這類事情時，老人家自然大都會得到同情的。」

「你爸爸呢？他幫哪一個呀？」

「他自然是很爲難，畢竟兩個都是他的親人。」

「母親自從這次之後，可能覺得實在無法和奶奶同住，於是自己就搬去一個朋友的家中暫住。」

「那時你有什麼感覺呀？」

「還可以吧。」我說。「並沒有太大的感覺。也許是由於年紀的關係。當母親不在時，奶奶准我在晚上看電視，那時還覺得挺自由呢。」

「唉……」她搖搖頭。「如果是我的話，我想我大概會哭起來。」

「嗯，是嗎？」

「是啊。一定會哭呢。」她認眞點點頭。

不知不覺中，咖啡室內的客人漸漸多了起來。環繞著四週的都是喧嘩人聲和金屬餐具互相碰撞所發出的聲音。這兒的侍者數目在比例上顯得非常不足。

「這樣的日子維持了多久?」

「不記得了。大概有三、四個月吧。」我說。「那時我母親正在準備考駕照。」

「嗯?」

記得有一個晚上,父親因爲工作關係而要晚歸,於是家中就只剩奶奶和我。吃飯時,奶奶突然吩咐我,要是將來我母親考到了駕照,就千萬不要坐她駕駛的車。

我問奶奶爲什麼,她就說要是她將來死了,做鬼也會趁母親駕車的時候,掩著她的雙眼。我聽到後第一個反應是感到身邊突然變得很冷,冷得從心裡顫抖。眼裡也冒起了淚水。當時我實在很害怕,奶奶的話不像一般恐怖電影中的對白,而是充滿了實在感,彷彿令人覺得她必定會這樣做。

要是眞的有鬼的話。

「噢,好恐怖。」她抬起頭看著我說。

「是啊,那時我都覺得恐怖。」

「後來不久,奶奶就因爲癌症進了醫院。而母親也搬回家了。」我停了一會。「半年後奶奶就去世了。」

「她可有留下什麼遺言嗎？」

「好像沒有。因爲她進了醫院後不久就陷入了昏迷。」

「雖然不是十分肯定。」我說，「但在記憶之中，那個晚上好像是我聽到她說的最後一番話。」其後都好像沒說過什麼特別的事情。或許有，但我都已經不記得。

「那麼這個就算是她的遺言嗎？」

「不知道。大概算是吧。」

「而這句遺言也同時可當作她臨死前的詛咒啊。」她又想了一會。「人們常說一個人臨死前的詛咒會很靈驗的。」

「不知道能不能算是個詛咒。」

「唔，一定是。」她望著窗外的汽車，肯定地點了一下頭，然後又再次陷入認眞而且嚴肅的沉思當中。

我的咖啡已經喝光了。於是我就辛苦地把侍者叫過來。我再點了一杯冰咖啡，而她則要了一個烤馬鈴薯。

「那麼，」她調整了一下聲音。「你後來有沒有坐過你母親駕駛的汽車？」

「有。」我停了片刻。「坐過一次。」

已經是我奶奶死後半年的事。我們家本身是沒有汽車的，那次是我父親向公司的某位同事借來的一部日本房車，外表有點殘舊，看上去應該已經有四、五年。那次我們一家人正要準備出去旅行。本來我已經將奶奶過往的那番話忘掉，但不知怎樣，當母親一坐上了駕駛座位時，那段話又好像立刻由記憶的深層中勾了出來。

「嗯。」她一面深吸了一口氣，一面全神貫注聽我說話。

當時父親就坐在母親的身旁。正忙於討論哪一個路上轉右，哪一個路轉左，而我就坐在後排的座位看著他們。那裡是一條高速的公路，當我們正在柏油公路上高速前進的同時，旁邊的汽車則以極高的速度反方向行駛著。一看見這樣的情形，我就不期然害怕起來。

可是突然間，好像就發生了什麼事情。我感到雙手剎那間失去了氣力，手指只是顫抖著，連拳頭也握不起來，耳朵也像聽到了某種聲音。

我不能肯定那聲音是從哪一個方向傳過來，我甚至搞不清楚到底是從外面傳進耳朵還是由我的體內發出來。大約就像把石子投進古井時所發出的聲響，我不知這聲音代表什麼，但我那時確實被這聲音包圍。

而我產生了一個去掩住母親眼睛的衝動。我極力嘗試去控制自己，叫自己不要想。可是我越是想擺脫這衝動，這股力量就越是把我纏著，而那聲音充塞於我每一條神經當中，我可以感到我的手好像已經脫離了我意志所能控制的範圍，彷彿已經再不是我的手。我那時感到極端的不平衡。汽車仍在高速地前進，而我則好像一個詛咒的實踐者。

這時侍者送來了我們剛才叫的咖啡和烤馬鈴薯。

「那你有沒有去掩你母親的雙眼？」她又問。

「沒有。」我說。

「我當時實在是很害怕，於是我閉上眼睛，什麼也不想。但當我再次張開眼睛的時候，我們已經到了目的地。」

「嗯。」

「往後的日子，我再也沒有坐過我母親所駕駛的汽車，而她也再沒有駕車了。」我說完後又喝了一口咖啡。

「後來這事之後，我和母親之間的關係就起了變化。每次和她一起時都會感到有些不自然。」

「那麼就是說，你認爲現在和母親的關係惡劣是因爲這事而起的嗎？」

「我也不知道。但大概多少有些影響吧。」我說。「自從經過了這事後，我好像被感染了一樣。」

「嗯？」

「就像被感冒病菌感染而生病，我一看到我母親就會感到煩厭。」

她點點頭。

「那事，只有你一個人知道嗎？」

「是啊，因爲我從來沒有告訴任何人。」

她又想了一會。「如果現在你母親再次駕車，那麼你會不會坐呢？」

「我想大概不會吧。」我說。「或許奶奶上次只是一時找不到。」

「別說得那麼恐怖嘛。」她打了我一下。

當我們離開時，天色已經完全黑透了，餐廳也坐滿了來吃晚餐的客人。我明天還得要測驗數學，而她也說有點事要辦，於是不得不離開了。

「有沒有人告訴過妳。」臨行前我問她，「妳在想東西時的樣子頗認眞啊。」

「嗯，是嗎？」她出奇地望著我。

「對。就是這種樣子。」

獨立島國的起點——神奇之路

全國拯救鱷魚聯會陣線的發言人，總是在每年一度的報告中強調，人類不斷地吃雪糕，是令雌性犬牙鱷數目銳減的主要原因。

但相對之下，神奇之路就顯得神奇得多。

「它神奇的程度，甚至足夠去摑雪糕兩記耳光。」她這樣告訴我。

小時候因爲她的父母經常在外地工作，因此把她放在濟洲西歸浦的祖母家中。她的祖母是中國人，本來住在安東。在四九年時渡過了鴨綠江，到了朝鮮。在漢城一鍊鋼廠中當女工，不久便和一雜貨店的老闆結婚。後來，便隨丈夫到濟洲定居。

神奇之路距離西歸浦約一小時的車程。那是公路中的其中一段，前面和後面都有兩個小丘，於是形成了一個微微低陷地勢。人站在那裡，公路微微向上斜，看不見盡頭。就像《迷離境界》開場時的那條公路一樣。

她告訴我，她讀小學的時候，經常在放學後一個人跑到那兒。在那兒，關掉引擎的汽車會往斜坡上退，水會向上流。人們會感到走下斜坡較上去吃力。

「爲什麼常到那兒？」我問她。

「因爲那時的生活很不愉快。可能由於祖母和母親都是中國人的關係，同學大多對我有點歧視。在學校裡很少人和我玩，上課、下課老是一個人。我感到很寂寞，彷彿全世界的寂寞都集中在我身上似的。這你懂得我的意思嗎？」

「我明白。」我點點頭。我在家中也是獨子。

「直到我知道了島上有一條神奇之路，我決定跑去看看。於是我偷了祖母錢包中的錢，一個人在放學乘巴士到那兒。

「在車上，我感到非常興奮，從沒有想過會踏在這類奇怪的土地上，感覺好像正要前往百慕達去釣魚一樣。當巴士到了那裡，我下了車。黃昏的公路顯得一片茶色。我站在那兒，做了各種各樣的試驗，可能是因爲這裡根本違反了常規，我站在那公路上一直感到很不自然。」

「不自然？」

「是，不自然，不平衡，但又說不清楚的奇異感覺，我想那大概就像是一個人站在月球表面時尿急。」

「月球表面？」

「是呀，當你一個人站在月球表面時，突然在毫無先兆的情況下尿急起來。你看看四週，怎麼連一個廁所也沒有呀？你會這樣慌張地叫起來。」她說，「就是這樣的感覺。雖然是有點怪的比喻，但我找不到其他的說明方法。」

「你的抽象思維倒要比我強得多。」我說。

她哈哈笑起來。

我是在台北板橋的一間咖啡店遇到她的。那年女朋友因爲某些理由離開了我，跑去了被聯合國選爲全球最適宜人類居住的城市。於是我就跑到了台北。我坐在近玻璃窗的那座位。當我看著史蒂芬·金的《寵物墳場》時，她走過來，問我有沒有一百元的零錢。

「是用來玩打彈珠的。」她說。

「嗯，是那邊那一部嗎？它右面的桿似乎有點問題，我剛才才玩過的。」

「嗯哼，是嗎？」

她告訴我，她的母親在她十六歲那年因爲肝癌去世，剩下經常在外的父親和她。她覺得需要到外面看看，於是就離開了由出生就一直居住的濟洲，一個人跑來台北唸大學。

「可是，爲什麼會來台北？」

「一來是經濟問題，家中不能負擔我去太遠的地方。」她說。「而且，濟洲與台灣就像相連似的。」

「嗯哼？」

「你不覺得是這樣嗎？濟洲、鹿兒島、沖繩、琉球和台灣。在地圖上看起來，那就像一串在海洋上隱約浮沉的巨型鐵鍊。濟洲是起點，而台灣就是終點。或許，這些島應該成爲一個獨立的島國呀。」

「這個我倒沒有怎樣想過。」我說。

那年冬天，我們經常走到板橋這咖啡店，當時間一點一點地無聲流逝，我們一面玩彈珠玩具，一面投幣進點唱機，聽 When A Man Loves A Woman，或者坐在近窗的座位，看忙碌的台北天空上的忙碌飛機。

而她不時就會提起她「獨立島國」的構想。

我望著飛機，直到它消失在蔚藍無雲的天空。

・・・

圖書館的自修室中，中間、左面和右面共有七排桌子。每張桌附有六張木椅。共有一百二十六張椅子，除了當中兩張是給我們坐著外，其他的一百二十四張都是空的。驟看，一切就像並非眞實地存在，只不過是光和影所組合成的影像，只要一伸手去摸就要撲空似的。

而那年的冬天，自修室就是這般的寂寞。我們沒有伸手去摸，於是影像也沒有撲空。

關於形成神奇之路這奇異現象的眞正原因，一直以來都有兩種解釋：一、那裡地下藏在某種金屬礦物或者強力磁場，令地心吸力受到影響，以致出現了反常現象，二、那裡根本沒有什麼特別，所謂奇蹟只不過是折射的角度問題，令人產生了一種錯覺。當人站在那裡，視覺上那是向上傾斜的斜坡，但實際上它是往下斜。

「那該支持哪一邊？」

「沒關係。」她說。「眞的，沒有關係，管他的。反正那時它給與我所需要的感覺。」

「嗯？」

「那就是從現在向後退的感覺。我們生活在世界之中——或許最低限度我們可以肯定自己存在於這個所謂地球的天體上，其間有許多事情是介乎一個和另一個，甚至很多的可能之間，但我們必須作出選擇，就像在隧道收費處前選定行車道一樣，而事情就會一直沿著那決定了的方向進發。」

「但每當人選擇了一個方向時，我們不時會向後望，懷疑自己所選擇的是不是這些可能性之中最理想的一個。於是渴望退回上一個路口，重新作出選擇。」

「嗯。」

「然而站在那裡，任何的『可能』好像都可以存在，一切都可向過往的方向退去。那時我時常在想，如果我不用住在濟洲，生活會如何？如果母親不是因癌症去世會怎樣？如果祖母沒有渡過鴨綠江到漢城會怎樣？如果眞的在世界最動盪的時候，有人揭竿而起，成立了一個獨立的島國，那又會怎樣？一切一切的可能，全部在我那時的腦中盤旋。」

「可是，有一個問題。」我說。「你不可能用這個因有空間的『妳』去想像那個未發生空間的事。因爲要是那個『可能』的空間眞的存在的話，世界上許多的歷史都要改寫、推翻。現在因有的空間也不會存在，因此妳不可能用因有空間的『妳』去想像那邊的事情，那根本是妳無法想像的。」

她用好奇的眼光望著我好一會，然後微笑點點頭。「對，也許就是這樣。」

那年的時間，過得比過去任何一年的感覺都要緩慢。我不大肯定到自己在幹什麼，因爲最大問題是我無法清楚界定自己是不是愛她。

「這個冬天看來像進入了冰河時期似的。」她一面望著窗外一面說。

「是啊。」

「春天會到來嗎？」

「當然。」

「爲何那麼肯定？」她轉過頭來。

「相信有山，那就有山。」

她哈哈大笑。

那年的春天，終於在沒有終點的情況下到達，可是她卻無法看到。在二月的一個星期三早上，校工在學校附近的一片叢林中，發現她吊在枯樹上的屍體。

負責處理這案件的警長告訴我，她是被人勒死，然後用麻繩綁上樹上的，最少已有一個星期。而在驗屍報告中證明了並沒有被強暴的跡象。

「是個處女。」警長這樣說。於是我離開了警局。

往後的日子，我感到一切都起了很大變化。我開始發奮讀書，那是我過去從未有過的狂熱發奮，經常不眠不休地讀。我考到了所讀學系中的前十名。然後參加棒球組、當學生會幹事，這些都是我過去連做夢也沒有想過的事。就連我自己也不清楚，爲何會突然積極起來。

同樣，世界在這段日子當中也同時起了變化，伊拉克佔領科威特、蘇聯解體、黃家駒去世。我獨坐在運動場看台上的最高一層，隔著基隆河看總統府的國慶煙火。颯颯的風聲蓋過了所有的聲音。煙火默默地亮遍了整個台北市，亮得就像被二十架F十六戰機轟炸一樣。當煙火完結時，我喝盡了最後的一口啤酒，離開了台北。

我去了濟洲，那時我是從香港乘飛機到漢城，然後再轉內陸機到濟洲的。和她過去一樣，當我到了神奇之路的時候，那已經是夕陽西照的黃昏。那裡跟我過去想像的外貌簡直一模一樣。我一直站在那兒，看著公路的另一端。

一九九三年的暑假。假如世界眞的可以再重新選擇的話，那到底會是一個怎樣的暑假。

我閉上眼，開始幻想在月球表面上尿急時的情形。

最後的彼得格勒

我的名字叫彼得格勒。

那時我十九歲，而她三十二歲。

一九一七年的三月，已經是春天，但彼得格勒這裡仍陷於一片冬季的恐懼之中。糧食也實在是太少了。於是居民就在饑餓和寒冷感互相交逼下，決定集體去搶劫糧食和示威。罷工的工人參加了遊行。軍隊開到後因爲同情人民，於是又加入了革命。大家於是一面用右手拿著麵包，一面用左手組成了「蘇維埃」。

「革命啊！革命！」的氣味很快就蔓延至全國。直到十一月，布爾什維克黨在彼得格勒以武裝力量佔領了政府機關，成立了蘇維埃政權。(俄曆和公曆相差一個月，因此所指的十一月即公曆十月。)

我還沒有到過蘇聯，當然就沒有可能到過彼得格勒吧。我不知當地的人會喜歡看什麼類形的電影，抽哪一個牌子的香菸，或者女孩子有婚前性行爲的比例。關於這些，我全都不知道。

我原本是有一個名字的，但自從取了彼得格勒這名字後，原來的名字就甚少再被提起，大部分人都稱呼我：喂，彼得格勒啊。於是日子一久，連自己也記不起原來的名字。但其實關於名字方面，我本來就是個不大重視的人。

一九九〇年的春天，我實在非常窮困。

那是我一生中最貧窮的春天，窮得像火星表面的荒蕪。連買報紙啤酒的錢也沒有。於是我便和她睡覺。

雖然那時我十九歲，而她三十二歲。但我對於男妓一詞仍是相當敏感。但話說回來，和一個比自己大十三年的女人上牀，感覺上並不算是太差。像買了一個已放了半天的漢堡，味道雖不太新鮮，但又不致要到消委會處投訴那麼嚴重。

她有一個結了婚八年的丈夫，那也是她第一個和唯一的戀人。他們由初中開始談戀愛，就在那時同學們就認定了他們將會成爲夫妻。當男和女的都到了大學畢業後的第二年，他們就理所當然結婚了。

婚後男的就到了某大公司中負責會計工作，而女的一直也沒有找工作。她本身在大學修讀法律，而志願也是當個律師，可是連她自己都不明白幹麼不去工作。不過由於經濟許可，丈夫也沒有過問，於是她就這樣過了八年。

我們是在琴行認識的。那是一九九〇年的五月，那時我白天上課，晚上到琴行兼職，負責售貨和登記來上課的學生。而她就住在琴行附近，不時便會來琴行買一些Richard Clayderman的樂譜。她不會彈琴，甚至連一些簡單的樂理也不懂，但她就是喜歡收集一些琴譜，就像別人收集郵票和貝殼一樣。

我們就是這樣認識的。

而我和她第一次發生性關係是在什麼時候，我已經記不起。那時每當我下午沒有課的時候，便會到她家中喝咖啡。她的丈夫可算得上是個咖啡專家，家中的巨型牆櫃上放滿了像是一生都喝不盡的不同味道的咖啡，什麼哥倫比亞、黑西班牙、麥斯威爾……甚至有些名字都從沒聽過，全部都是他親自用咖啡豆磨成的。他對咖啡味道雖然相當有研究，但不是一個常喝咖啡的人。最初我在每次都會挑一種新的咖啡味道來喝。可是慢慢的，我就記不起哪一種喝過，哪一種未喝。

於是我開始不去想它，每次都隨便選一種算了。而我們的日子也像咖啡豆放進磨豆機中一樣的被消耗著，直到磨成粉末，不再存在豆或豆形的感覺時，我們就發生了關係。

我倆躺在牀上，大約沉默了一段很漫長的時間。她在牀旁的抽屜中找出了一包硬盒薄荷菸，點起了菸，抽了一口後遞給我。

「你知道嗎？」她突然說了這一句。

「嗯？」

「上帝死了。」

「什麼？」

「上帝已經死了。」她平淡地重複了一遍。

「嗯哼。」

「那就像太陽的沒落。」她再抽了一口菸。「恐怖會隨之而來，我們就像在黑暗的柏油公路上飛馳。只有少數的人，也就是那些實際上屬於未來但早降生了的人，才能看到光明。」

・　・　・

有關上帝是否真的死了，我實在弄不清楚。但自從那次之後，我辭去了琴行的工作，在每個星期二和星期四，她丈夫要加班工作的晚上，我就會到她的家中和她做愛，我給她性慾方面的滿足，而她就給我生活所需的金錢，形成了一種互相依賴的關係。

就那時候而言，金錢實在是我生活中所急需的，至於我的生活也因和她一起而確是改善了不少。現在的我只要每星期和她做愛兩次，便有足夠整個星期的生活費。在高度發展的資本主義社會當中，只要你要求不太高，這已算得上是一件不賴的工作。

如是者我開始了和三十二歲女人睡覺的日子。我的感覺上，和她在牀上時並沒有什麼問題，反而在牀以外倒有點不自然。每個晚上我來到她的家，她會坐在沙發上看報紙。而我就坐在餐桌旁喝咖啡，然後獨個兒走進浴室洗澡。可能由於年齡的關係，大家都不知該說些什麼。好像由任何一方提出任何一個話題都會顯得不協調。

有時我甚至渴望快一點上牀。

我會溫柔而且緩慢地和她做愛，雖然有時她會要求我粗暴一點，但大部分時間我都是和她溫柔地進行。

當做愛後，她就會伏在我的臂彎，待我去輕吻她的耳珠。她很喜歡這樣。

「近來的功課怎麼樣？」

我一直不認為這問題是適合作性行為後的話題，但她時常這樣問。

「嗯哼，不錯呀。」我說。

・・・

關於上帝的存在，我個人認為，主要目的是給那些對於未知和死亡充滿恐懼的人類一個心靈的慰藉。因此，如果上帝真是死了的話，說起來也可算是件傷感的事，我想大概要作點東西吧，或許對這事起不了什麼作用，不過只要有些形式上的追悼就可以了。

「那方面，你比他內行得多。」在第十二個和她做愛的晚上，三十二歲的女人含笑對我說。

其實過往也有女孩子說我的性技巧相當出色。我本身稱這種為原始的性魅力。每個人由一出生便擁有這魅力，只不過隨著歲月的增長，很多人便忘記了怎樣去使用它吧。

抬頭看牆壁上的掛鐘，已經是星期四晚上的十時四十二分。照平日的慣例，她的丈夫將在四十八分鐘後回家。女人正伏在我的身上酣睡。胸口感到了一陣她呼吸的濕氣。我小心地把她移開，走下牀。穿上我放在沙發上的牛仔褲和綿質馬球衫。

「唔，什麼時候？」她從夢中醒來，朦朦朧朧地問。

「差不多十一時。」

於是女人也走下牀，一面披上外套，一面走到餐桌前坐下。隨手拿起了香菸，在桌上頓了兩下，然後點火抽起來。

「你的錢用完了沒有?」她問。

「嗯，還可以啊。」我一面綁鞋帶，一面點點頭。

女人停了一會，打開了放在桌上的錢包，取出了兩張五百元港幣的鈔票。

「拿去吧。」她望著我。

「謝謝。」於是我接過了鈔票。我本來還想說點什麼，但一時又怎樣也想不到。

在回家的路上，天空下著沙沙的細雨，令街道顯得異常冷清。馬路兩旁有著一灘一灘的積水。昏黃色的街燈瀰漫著一股濃烈的雨水味道。

老實說，自從我和一個三十二歲的女人睡覺。我的生活是得到了改善，但我仍感到好像欠缺了一點東西似的。雖然不能很具體說出是欠了些什麼，但感覺就確是這樣。

我在我家的前一站下了車，一個人不期然走進了酒吧，可能由於下雨，酒吧中的客人並不多。我走到酒保的前面坐下，要了一杯啤酒。

酒吧裡正播放著貓王的 Love Me Tender，而坐在我右面的是一個穿著黑色蕾絲上衣加連身白短裙的年輕女孩子。

自從開始和她一起，我覺得我的性魅力開始得到提升。漸漸也對那些和我同年的女孩子失去興趣。她們令人感到平面，沒有絲毫的立體感可言，和這類年紀的女孩談戀愛，就像要職業球手轉打業餘比賽一樣。

「能不能告訴我你的名字。」當我從口袋拿出了一包 MILD SEVEN 香菸，正打算點起時，女孩子就轉過來問我。

「彼得格勒。」

「好有趣的名字啊。」好說。

「也算不上什麼。」

「嗯，彼得格勒。」她重複唸了一遍。「你爲什麼要來這裡？」

爲什麼？連我自己也不知道。

過了一會，酒保送來了兩杯啤酒。她接過了啤酒，微笑地對我說：「來，我們乾杯。」

「嗯，爲什麼？」

「因爲這天是我的生日。」

於是我們就在酒吧中一直對飲，喝到頭抬不起來。

・　・　・

晚上我做了一個夢。

夢中，我正置身一間火紅色的房間中。房間很小，我轉過頭，看見有一個穿禮服的侏儒站在我的後面。

「這兒是什麼地方？」我問他。

「一下子很難說明。它可以是那裡，同時也可以是這裡。」穿禮服的侏儒回答。

「我爲何會來到這兒？」

「你不是自己來的，而是被揀選出來的。」

「揀選？」

「嗯，是啊。」他點點頭。

「那麼，我爲什麼會被選到這兒？」我問。

「組織樂隊。」

「嗯？」

「組織樂隊是一件神聖且莊嚴的事。」侏儒調整了一下語氣，「只有被選中的人才能享有這份光榮。」

「組織隊幹嘛？」

「因爲要演奏 Los Indios Tabajaras 的 Always In My Heart。」

「但我根本不會玩樂器啊。」

「沒關係，你會有時間去熟悉。」他說。

「那麼，我要用那種樂器呢？」

「薩克斯風。但必須是 Selmer 的 Tenor。」他說，「在 Always In My Heart 當中，薩克斯風的配合是相當重要的。特別是在中段加插的獨奏部分。」

「可是，我記得 Always In My Heart 中根本沒有薩克斯風，只有吉他啊。」

「對呀！」侏儒點頭：「因此才揀選你啊。」

「但，這樣做到底爲了什麼？」

「爲了哀悼死去的上帝。」侏儒說罷，接著就跳起探戈的舞步。

當我再醒來的時候，已經是翌日的中午。穿連身裙的少女和侏儒都不見了。而我獨個兒躺在家中的牀上。

・　・　・

接著的一個星期，我感到組織樂隊的聲音正在黑暗中呼喚我。形成了一股無形的力量，不斷擴大、膨脹。

到底十九歲的生命欠缺了些什麼？

世界好像什麼都沒有變化似的。地球自轉，公轉，潮汐漲退。唯一不同的，是上帝死了。

我回到了過去所工作的琴行，在那兒，我認識了一群玩各類樂器的朋友。鍵盤、主音吉他、鼓、低音吉他、鋼琴、小號……各式各樣，多得可組織一個國家級的交響樂團，但我並沒有這個意思。另一方面，雖然他們以前也到琴行中上課，但我不明白爲何以往好像沒見過他們。

我選擇了幾個和我類似的隊友，於是開始了組織樂隊的準備。

我買了全部 Los 的唱片回家，開始去了解他們的音樂。Los 本身是一支特別的樂隊。當他們兩個年輕印第安人，在一九七五年從巴西來到了美國 RCA 勝利唱片公司，灌錄了第一張名爲 SWEET AND SAVAGE 的唱片。那時他們還是藉藉無名，和一八一〇年的印第安族沒多大的分別。

直到一九六三年的夏天。紐約 WHEW 電台的監製金丁，用了其中一曲作某早晨節目的過場音樂。接著聽衆們紛紛去信詢問電台這音樂的來源，於是唱片公司便立刻將唱片重新發行，推出後迅速打上了音樂流行榜。而唱片公司的負責人那時正大喊著：「快去找那個印第安人。」

那就是 Los Indions Tabajar 的歷史。

「我想要一支薩克斯風。」

當我們做愛後我告訴她。她一言不發走下牀，坐在沙發上。

「你打算離開我。」她說。

「你說什麼？」

「當我買了薩克斯風給你之後，你以後便再也不會回來。」

「我不會。」我怒叫。

「你很自私。」她喃喃地說。

「對，或許是。」我點點頭。

我離開了她的家，一個人跑到街上。眼淚便再忍不住，潸潸落下來。

我的名字叫彼得格勒。

國家圖書館出版品預行編目資料

進攻女生宿舍／彭浩翔著；
初版-- 臺北市：大塊文化，1998 [民87]
面； 公分. (catch : 18)

ISBN 957-8468- 59-8 (平裝)

1 1 7 台北市羅斯福路六段142巷20弄2-3號

廣告回信
台灣北區郵政管理局登記證
北台字第10227號

大塊文化出版股份有限公司　收

地址：＿＿市／縣＿＿鄉／鎮／市／區＿＿＿路／街＿＿段＿＿巷

＿＿弄＿＿號＿＿樓

姓名：

請沿虛線撕下後對折裝訂寄回，謝謝！

大塊 LOCUS 文化

編號：CA 018　　書名：進攻女生宿舍

LOCUS

LOCUS

LOCUS

LOCUS

L O C U S